Richard Brautigan • Forellenfischen in Amerika

Richard Brautigan
Forellenfischen in Amerika

Roman

Aus dem Amerikanischen
von Günter Ohnemus

KEIN & ABER

POCKET

Für Jack Spicer und Ron Loewinsohn

Die Originalausgabe erschien 1967 unter dem Titel *Trout Fishing in America*
bei Four Seasons Foundation, San Francisco
Copyright © 1967 by Richard Brautigan
Copyright renewed © 1995 by Ianthe Swensen

Alle Rechte vorbehalten
Lizenzausgabe mit freundlicher Genehmigung
des Kartaus Verlags, Regensburg
Copyright © 2018 by Kein & Aber AG Zürich – Berlin
Satz: Fotosatz Amann, Memmingen
Druck und Bindung: CPI – Ebner & Spiegel, Ulm
ISBN 978-3-0369-5979-5

www.keinundaber.ch

Es gibt Verführungen,
die gehören ins Smithsonian Institute,
gleich neben die SPIRIT OF ST. LOUIS.

DER UMSCHLAG FÜR
FORELLENFISCHEN IN AMERIKA

Auf dem Umschlag für *Forellenfischen in Amerika* ist eine Fotografie, die am späten Nachmittag aufgenommen wurde, eine Fotografie der Benjamin-Franklin-Statue auf dem Washington Square in San Francisco.

Geboren 1706, gest. 1790. Benjamin Franklin steht auf einem Sockel, der aussieht wie ein Haus voll steinerner Möbel. In der einen Hand hält er einige Papiere und in der anderen seinen Hut.

Dann spricht die Statue und sagt in marmorner Stimme:

Gestiftet von
H. D. Cogswell
unseren
Jungen und Mädchen,
die bald
unseren Platz einnehmen
und unser Werk
fortsetzen werden.

Am Sockel der Statue stehen vier Wörter, die in alle vier Richtungen der Welt zeigen, nach Osten WILLKOMMEN, nach Westen WILLKOMMEN, nach Norden WILLKOMMEN, nach Süden WILLKOMMEN. Gleich hinter der Statue stehen drei Pappeln, die bis auf die obersten Äste fast unbelaubt sind. Die Statue steht vor dem mittleren Baum. Rundherum ist das Gras nass von den Regenfällen, die jetzt, Anfang Februar, niedergegangen sind.

Im Hintergrund steht eine hohe Zypresse, fast so dunkel wie ein Zimmer. Unter diesem Baum hat Adlai Stevenson 1956 vor 40 000 Leuten eine Rede gehalten.

Auf der anderen Straßenseite steht eine hohe Kirche mit Kruzifixen, Türmen, Glocken und einer gewaltigen Tür, die aussieht wie ein riesiges Mauseloch, vielleicht aus einem Tom-und-Jerry-Cartoon, und über der Tür steht »Per L'Universo«.

Etwa um fünf Uhr nachmittags versammeln sich auf meinem Umschlagfoto gegenüber der Kirche einige Leute, und sie haben Hunger.

Es ist Sandwichzeit für die Armen.

Aber sie können nicht über die Straße gehen, bis sie das Zeichen bekommen. Dann laufen sie alle über die Straße zur Kirche hinüber und nehmen ihre Sandwiches in Empfang, die in Zeitungspapier eingewickelt sind. Sie gehen wieder in den Park und machen das Zeitungspapier auf, um nachzuschauen, was für Sandwiches sie bekommen haben.

Ein Freund von mir hat einmal eines Nachmittags sein Sandwich ausgewickelt und fand dann bloß ein Spinatblatt zwischen den Brotscheiben. Das war alles.

War es Kafka, der Amerika durch die Lektüre der Autobiografie Benjamin Franklins kennengelernt hatte ...

Kafka, der gesagt hat: »Ich mag die Amerikaner, weil sie gesund und optimistisch sind.«

AUF HOLZ KLOPFEN (TEIL EINS)

Wann habe ich als Kind zum ersten Mal von Forellenfischen in Amerika gehört? Von wem? Ich glaube, von einem meiner Stiefväter.

Im Sommer 1942.

Der alte Säufer hat mir vom Forellenfischen erzählt. Wenn er imstande war zu reden, dann beschrieb er Forellen so, als seien sie eine Art kluges, vernunftbegabtes Edelmetall.

Silbrig ist kein gutes Adjektiv, wenn ich beschreiben sollte, was ich in mir spürte, als er mir vom Forellenfischen erzählte. Ich möchte es ganz genau ausdrücken.

Vielleicht Forellenstahl. Stahl, der aus Forellen gewonnen wird. Und der klare Fluss mit seinem Schneewasser dient als Gießerei und Schmelzofen.

Denken Sie an Pittsburgh.

Stahl, der von Forellen kommt, Stahl, mit dem Häuser, Züge und Tunnels gebaut werden.

Der Andrew Carnegie der Forellen!

Die Antwort von Forellenfischen in Amerika:

Ich erinnere mich mit besonderem Vergnügen an Leute mit dreieckigen Hüten, die in der Morgendämmerung fischen.

AUF HOLZ KLOPFEN (TEIL ZWEI)

Als Kind ging ich einmal an einem Frühlingsnachmittag in der seltsamen Stadt Portland zu einer anderen Straßenecke und sah eine Reihe mit lauter alten Häusern, die sich zusammendrängten wie Seehunde auf einem Felsen. Dann sah ich noch ein lang gedehntes Feld auf einem Hügelabhang. Das Feld war mit grünem Gras und Büschen bewachsen. Oben auf dem Hügel war ein Wäldchen mit hohen, dunklen Bäumen. In der Ferne sah ich einen Wasserfall, der den Hügel herunterschoss. Er war lang und weiß, und ich spürte schon fast seinen Sprühregen auf der Haut.

Da muss ein Bach sein, dachte ich, und wahrscheinlich gibt es Forellen darin.

Forellen.

Endlich eine Möglichkeit, zum Forellenfischen zu gehen, meine erste Forelle zu fangen und einen Blick auf Pittsburgh zu erhaschen.

Es wurde langsam dunkel. Ich hatte keine Zeit mehr, hinzugehen und mir den Bach anzuschauen.

Ich ging nach Hause, an den gläsernen Backenbärten

der Häuser vorbei, die die herabstürzenden Wasserfälle der Nacht widerspiegelten.

Aber am nächsten Tag würde ich zum ersten Mal Forellenfischen gehen. Ich würde bald aufstehen, mein Frühstück essen und dann losziehen. Ich hatte gehört, dass es besser war, früh am Morgen zum Forellenfischen zu gehen. Die Forellen schmeckten dann besser. Sie hatten am Morgen was ganz Besonderes. Ich ging nach Hause und traf meine Vorbereitungen zum Forellenfischen in Amerika. Ich hatte kein Angelzeug, also musste ich mir ein lächerlich primitives Angelgerät basteln.

Es war ein Witz.

Warum ist das Huhn über die Straße gelaufen?

Ich bog eine Stecknadel krumm und band einen weißen Bindfaden daran fest.

Und dann schlief ich.

Am nächsten Morgen stand ich bald auf und aß mein Frühstück. Ich nahm eine Scheibe Weißbrot mit, aus der ich mir meinen Köder machen wollte. Ich wollte aus dem Weichen kleine Teigbällchen formen, die ich auf meinen komischen Haken stecken konnte.

Ich zog los und ging zu der anderen Straßenecke. Wie schön das Feld aussah und der Bach, der in einem Wasserfall den Hügel hinunterschoss.

Aber als ich näher an den Bach herankam, sah ich, dass etwas nicht stimmte. Der Bach benahm sich nicht richtig. Irgendetwas war ganz merkwürdig. Etwas an der Art, wie er sich bewegte, stimmte nicht. Schließlich war ich nahe genug, dass ich sehen konnte, was los war.

Der Wasserfall war bloß eine lange weiße Holztreppe, die zu einem Haus da oben zwischen den Bäumen hinaufführte.

Ich stand lange da, schaute hoch und wieder herunter, folgte der Treppe mit meinen Augen und konnte es einfach nicht fassen.

Dann klopfte ich auf meinen Bach und hörte den Klang von Holz.

Schließlich wurde ich meine eigene Forelle und aß die Scheibe Brot selber.

Die Antwort von Forellenfischen in Amerika:

Ich konnte nichts dagegen machen. Ich konnte ja schließlich nicht eine lange Treppe in einen Bach verwandeln. Der Junge ging wieder dahin zurück, wo er hergekommen war. So etwas ist mir selber auch einmal passiert. Ich weiß noch, wie ich einmal in Vermont eine alte Frau für einen Forellenbach gehalten habe, und ich musste mich bei ihr entschuldigen.

»Verzeihung«, sagte ich. »Ich dachte, Sie wären ein Forellenbach.«

»Nein, das bin ich nicht«, sagte sie.

ROTE LIPPEN

Siebzehn Jahre später setzte ich mich auf einen Felsen. Der Felsen war unter einem Baum neben einer alten, verlassenen Hütte, an deren Tür ein Sheriff ein Verbotsschild genagelt hatte, das aussah wie ein Kranz auf einem Grab.

ZUTRITT VERBOTEN

5/17 EINES HAIKU

In diesen siebzehn Jahren waren viele Flüsse mit Tausenden von Forellen durch ihr Flussbett geströmt, und jetzt floss hier neben dem Highway und dem Verbotsschild des Sheriffs noch ein anderer Fluss vorbei, der Klamath, und ich versuchte, fünfunddreißig Meilen flussabwärts nach Steelhead zu kommen, den Ort, in dem ich wohnte.

Es war alles ganz einfach. Niemand hielt an und nahm mich mit, obwohl ich Angelzeug dabeihatte. Normalerweise halten die Leute an und nehmen einen Angler mit. Ich musste drei Stunden warten, bis mich jemand mitnahm.

Die Sonne war wie ein riesiges Fünfzig-Cent-Stück, das jemand mit Kerosin übergossen und dann mit einem Streichholz angezündet hatte, und dann hatte er gesagt: »Hier, halt das mal, ich hol mir nur eine Zeitung«, und er hatte die Münze in meine Hand gelegt und war nie wiedergekommen.

Ich war Meilen um Meilen gelaufen, bis ich zu dem Felsen unter dem Baum gekommen war und mich hingesetzt hatte. Jedes Mal wenn ein Auto vorbeikam, ungefähr alle zehn Minuten, stand ich auf, streckte meinen Daumen in die Gegend wie ein Büschel Bananen und setzte mich dann wieder auf den Felsen.

Die alte Hütte hatte ein Blechdach, das sich über die Jahre hinweg rötlich verfärbt hatte wie ein Hut, den man lange unter einer Guillotine aufgehabt hat. Eine Ecke des Dachs war lose, und ein heißer Wind kam den Fluss herunter, und die lose Ecke klapperte im Wind.

Ein Auto kam vorbei. Ein altes Ehepaar. Der Wagen wäre fast von der Straße abgekommen und in den Fluss gefahren. Wahrscheinlich gab es hier oben nicht viele Tramper. Der Wagen bog um die Ecke, und seine zwei Insassen drehten sich beide nach mir um.

Weil ich nichts anderes zu tun hatte, fing ich Lachsfliegen mit meinem Landungsnetz. Ich machte ein regelrechtes Spiel daraus. Es ging so: Ich durfte die Fliegen nicht jagen, sondern sie mussten zu mir herfliegen. Damit hatte mein Kopf wenigstens ein bisschen Beschäftigung. Ich fing sechs Fliegen.

Ein Stück von der Hütte entfernt stand eine noch

kleinere Hütte: ein Klo im Freien, dessen Tür jemand heftig aufgestoßen haben musste. Das Innere der Klohütte war allen Blicken ausgesetzt wie ein menschliches Gesicht, und das Klo schien zu sagen: »Der alte Knabe, der mich gebaut hat, hat hier 9745 Mal geschissen, und jetzt ist er tot, und ich will nicht, dass mich irgendjemand sonst anfasst. Er war ein guter Kerl. Er hat mich mit liebevoller Sorgfalt gebaut. Lass mich in Ruhe. Ich bin ein Denkmal für einen guten Arsch, der jetzt nicht mehr ist. Hier gibts kein Geheimnis. Deshalb ist auch die Tür offen. Wenn du scheißen musst, geh in die Büsche wie die Rehe.«

»Du kannst mich mal«, sagte ich zu dem Klo. »Ich will nur, dass mich jemand nach Steelhead mitnimmt.«

DER BRAUSELIMONADENSÄUFER

Als ich ein Kind war, hatte ich einen Freund, der sich einen Bruch gehoben hatte und deshalb zum Brauselimonadensäufer wurde. Er war eines der vielen Kinder einer sehr großen und armen deutschen Familie. Die älteren Kinder mussten im Sommer auf den Feldern arbeiten und für zweieinhalb Cent pro Pfund Bohnen pflücken, um die Familie über Wasser zu halten. Alle arbeiteten, bis auf meinen Freund, der nichts tun konnte, weil er sich einen Bruch gehoben hatte. Sie hatten kein Geld für eine Operation. Sie hatten nicht einmal genug Geld, um ihm ein Bruchband zu kaufen. Deshalb blieb er zu Hause und wurde ein Limonadensäufer.

Eines Morgens im August ging ich ihn besuchen. Er war noch im Bett. Er lag mitten in einem wilden Durcheinander zerschlissener Decken und schaute mich an. Er hatte wohl noch nie im Leben unter einem richtigen Betttuch geschlafen.

»Hast du das Fünf-Cent-Stück mitgebracht, das du mir versprochen hast?«, fragte er.

»Ja«, sagte ich. »Ich hab es hier in der Tasche.«

»Gut.«

Er sprang aus dem Bett, und ich sah, dass er schon angezogen war. Er hatte mir einmal gesagt, dass er sich nie auszog, wenn er ins Bett ging.

»Wozu denn?«, hatte er gesagt. »Man steht doch sowieso wieder auf. Also kann man sich doch gleich drauf einstellen. Man kann doch niemandem was damit vormachen, wenn man sich auszieht, bevor man ins Bett geht.«

Er ging in die Küche und machte einen Bogen um seine kleinsten Geschwister, deren nasse Windeln sich in verschiedenen Stadien anarchischer Auflösung befanden. Er machte sich sein Frühstück: eine Scheibe selbst gebackenes Brot, auf das er Karo-Sirup und Erdnussbutter strich.

»Also los«, sagte er.

Wir gingen aus dem Haus, während er noch sein Brot aß. Der Laden war drei Blocks entfernt. Er lag hinter einem Feld, auf dem schweres gelbes Gras wuchs. Auf dem Feld standen eine ganze Menge Fasane herum. Sie waren dick und fett vom Sommer und rührten sich kaum vom Fleck, als wir näher kamen.

»Hallo«, sagte der Kaufmann im Laden. Er hatte eine Glatze und ein rotes Muttermal auf dem Kopf. Das Muttermal sah genauso aus wie ein altes Auto, das auf seinem Kopf geparkt hatte. Er langte automatisch nach einer Tüte Brausepulver mit Traubengeschmack und legte sie auf den Ladentisch.

»Fünf Cent.«

»Er hat das Geld«, sagte mein Freund.

Ich langte in meine Tasche und gab dem Kaufmann das Fünf-Cent-Stück. Er nickte, und das alte rote Auto auf seinem Kopf schlingerte auf der Straße hin und her, als hätte der Fahrer einen epileptischen Anfall.

Wir gingen wieder.

Mein Freund ging durch das Feld voraus. Einer der Fasane flog nicht mal hoch. Er rannte einfach vor uns her über das Feld wie ein Schwein mit Federn.

Als wir wieder zu Hause bei meinem Freund waren, begann die Zeremonie. Brauselimonade zu machen war eine große Leidenschaft, und es war jedes Mal eine Zeremonie. Sie hatte einen ganz bestimmten Ablauf, der mit Ernst und Würde befolgt werden musste.

Zuerst holte er ein großes Vier-Liter-Glas, und wir gingen ums Haus herum auf die Seite, an der das Rohr mit dem Wasserhahn mitten in einer Schlammpfütze wie der Finger eines Heiligen aus dem Boden ragte.

Mein Freund machte die Tüte auf und kippte den Inhalt in das Glas. Dann hielt er das Glas unter den Hahn und drehte das Wasser an. Es spuckte, spritzte und schoss wie verrückt aus dem Hahn.

Mein Freund passte gut auf, dass das Glas nicht überging und nichts von der kostbaren Limonade auf den Boden tropfte. Als das Glas voll war, drehte mein Freund mit einer plötzlichen, aber eleganten Bewegung das Wasser ab wie ein berühmter Gehirnchirurg, der ein wirres Stück Fantasie entfernt. Dann schraubte er den Deckel fest auf das Glas und schüttelte es tüchtig.

Der erste Teil der Zeremonie war vorbei.

Wie der erleuchtete Priester eines exotischen Kults hatte mein Freund den ersten Teil der Zeremonie gut hinter sich gebracht.

Seine Mutter kam ums Haus herum und sagte mit einer Stimme, die voller Sand und Sehnen war: »Wann machst du denn den Abwasch? ... Ha?«

»Bald«, sagte er.

»Na, das möcht ich dir auch geraten haben«, sagte sie.

Als sie wieder gegangen war, war es, als sei sie überhaupt nie da gewesen. Der zweite Teil der Zeremonie begann damit, dass mein Freund das Glas ganz vorsichtig zu einem alten Hühnerhaus trug, das nicht mehr benutzt wurde. »Der Abwasch kann warten«, sagte er zu mir. Bertrand Russell hätte es nicht besser sagen können.

Er machte die Tür des Hühnerhauses auf, und wir gingen hinein. Drinnen lagen überall halb vergammelte Comic-Hefte herum. Sie lagen da wie Fallobst unter einem Baum. In der Ecke lag eine alte Matratze, und neben der Matratze standen vier Ein-Liter-Gläser. Er ging mit dem Vier-Liter-Glas hinüber und füllte die kleineren Gläser ganz vorsichtig, ohne einen Tropfen zu vergießen. Dann schraubte er die Deckel fest auf die Gläser. Jetzt hatte er seine Tagesration beisammen.

Aus einer Packung Brause soll man eigentlich nur zwei Liter Limonade machen, aber er machte immer vier Liter, sodass die Konzentration seiner Brauselimonade nur noch ein schwacher Abglanz der eigentlich erwünschten Stärke war. Und man soll zu jeder Packung Brause eine Tasse Zucker dazugeben, aber er tat nie Zucker in eine Brauselimonade, weil es keinen Zucker gab, den man hätte dazutun können.

Er schaffte sich seine eigene Limonadenwirklichkeit, und er schaffte es, sich mit seiner Brause zu betrinken.

EINE NEUE METHODE,
WALNUSSKETCHUP ZU MACHEN

Und das hier ist ein sehr kleines Kochbuch für Forellenfischen in Amerika, als wäre Forellenfischen in
Amerika ein reicher Gourmet, und als wäre Maria Callas
die Freundin von Forellenfischen in Amerika, und als
tafelten sie zusammen an einem Marmortisch, auf dem
wunderschöne Kerzen stehen.

Apfelkompott

Man nehme ein Dutzend Äpfel, goldene Cox
Orange, schäle sie gut und entferne das Kern-
gehäuse mit einem kleinen Taschenmesser;
dann dünstet man sie in etwas Wasser; danach
mischt man einen Teil des Wassers mit etwas
Zucker, schneidet ein paar Äpfel hinein und
lässt das Ganze kochen, bis es dickflüssig wird;
diesen Sirup schüttet man dann über die Cox
Orange und garniert sie mit getrockneten Kirschen und fein gehackter Zitronenschale. Man
achte darauf, dass die Cox Orange nicht zer-
platzen.

Und Maria Callas sang Forellenfischen in Amerika etwas vor, während sie zusammen ihre Äpfel aßen.

Dauerhafter Tortenguss für große Torten

Man nehme fünf Kilo Mehl und sechs Pfund Butter, die in vier Liter Wasser gekocht worden sind; dann schöpft man die Butter ab und gibt sie zum Mehl, wobei man darauf achte, dass man so wenig Flüssigkeit wie möglich in das Mehl gibt. Man verarbeitet diese Mischung zu einem Teig und zieht ihn zu einzelnen Stücken aus, bevor er kalt ist. Dann bringt man ihn in die gewünschte Form.

Und Forellenfischen in Amerika lächelte Maria Callas zu, während sie zusammen ihren Tortenguss aßen.

Ein Löffel Pudding

Man nehme einen Löffel Mehl, einen Löffel Sahne oder Milch, ein Ei, etwas Muskat, Ingwer und Salz. Das mischt man alles zusammen und kocht es eine halbe Stunde lang in einer kleinen Holzschüssel. Wenn Sie es für angebracht halten, können Sie noch ein paar Korinthen hinzufügen.

Und Forellenfischen in Amerika sagte: »Der Mond ist aufgegangen.« Und Maria Callas sagte: »Ja, wirklich.«

Eine neue Methode, Walnussketchup zu machen

Man nehme grüne Walnüsse, bei denen sich die Schale noch nicht ausgebildet hat, mahle sie in einer Krabbenmühle oder zerkleinere sie in einem marmornen Mörser. Dann presst man den Saft durch ein grobes Tuch und gibt zu jeweils vier Litern Saft ein Pfund Anchovis, dieselbe Menge Meersalz, 150 g Jamaica-Pfeffer, 100 g schwarzen Pfeffer, jeweils 50 g Muskatblüten, Gewürznelken und Ingwer. Dazu noch einen ganzen Meerrettich. Das alles kocht man so lange, bis es sich auf die Hälfte reduziert hat. Dann gibt man es in einen Topf. Nach dem Erkalten füllt man die Soße in Flaschen ab, die man gut verschließt, und nach drei Monaten kann man sie verwenden.

Und Forellenfischen in Amerika und Maria Callas schütteten Walnussketchup auf ihre Hamburger.

PROLOG ZUM GRIDER CREEK

Mooresville, Indiana, ist die Stadt, aus der John Dillinger kam, und die Stadt hat ein John-Dillinger-Museum. Man kann hineingehen und sich darin umsehen.

Manche Städte sind bekannt als die Pfirsich-Hauptstadt Amerikas, als die Kirschen-Hauptstadt oder als die Austern-Hauptstadt, und das ist dann immer mit einem Festival verbunden und dem Foto eines hübschen Mädchens in einem Badeanzug.

Mooresville, Indiana, ist die John-Dillinger-Hauptstadt Amerikas.

Kürzlich ist ein Mann mit seiner Frau nach Mooresville gezogen, und er entdeckte in seinem Keller Hunderte von Ratten. Es waren riesige Ratten, die sich träge bewegten und große Kinderaugen hatten.

Als seine Frau einmal für ein paar Tage Verwandte besuchte, ging der Mann los und kaufte sich einen 38er Revolver und eine Menge Munition. Dann ging er in den Keller hinunter, wo die Ratten waren, und fing an, sie zu erschießen. Den Ratten machte das überhaupt nichts aus. Sie benahmen sich, als seien sie im Kino, und fraßen statt Popcorn ihre toten Kumpane.

Der Mann ging zu einer Ratte, die gerade eifrig einen ihrer Freunde auffraß, und drückte ihr die Pistole an den Kopf. Die Ratte reagierte nicht und fraß einfach weiter. Als der Hahn klickte, unterbrach sich die Ratte und begutachtete die Szene aus dem Augenwinkel.

Zuerst schaute sie die Pistole an und dann den Mann. Ihr Blick war irgendwie freundlich, so als wolle sie sagen: »Als meine Mutter jung war, sang sie so schön wie Deanna Durbin.«

Der Mann drückte ab.

Er hatte keinen Sinn für Humor.

Es gibt immer Vorstellungen, in denen nur ein Film läuft, Vorstellungen mit zwei Filmen und einen ewigen Film im Großen Kino von Mooresville, Indiana, der John-Dillinger-Hauptstadt Amerikas.

GRIDER CREEK

Ich hatte gehört, dass man im Grider Creek gut fischen konnte und dass er klar war, während die anderen großen Bäche schlammig waren vom Schmelzwasser, das von den Marble Mountains herunterkam.

Ich hatte auch gehört, dass es im Grider Creek weit oben in den Bergen hinter den Biberdämmen Bachforellen gab.

Der Mann, der den Schulbus fuhr, machte eine Skizze des Grider Creeks und zeichnete mir die Stellen ein, an denen man gut fischen konnte. Wir standen vor der Steelhead Lodge, als er die Skizze zeichnete. Es war ein sehr heißer Tag. Wir hatten wohl gut siebenunddreißig Grad.

Man brauchte ein Auto, wenn man zu den guten Fischplätzen im Grider Creek kommen wollte, und ich hatte kein Auto. Aber die Skizze war hübsch. Sie war mit einem schweren, stumpfen Bleistift auf ein Stück Papier, das von einer Tüte stammte, gezeichnet. Und ein kleines Quadrat ☐ bezeichnete eine Sägemühle.

DAS BALLETT FÜR
FORELLENFISCHEN IN AMERIKA

Die Art, auf die die Kobralilie Insekten fängt, ist ein Ballett für Forellenfischen in Amerika, ein Ballett, das an der University of California in Los Angeles aufgeführt wird.

Die Pflanze steht gleich hier neben mir auf der hinteren Veranda.

Sie ist ein paar Tage nachdem ich sie bei Woolworth gekauft habe eingegangen. Das war vor einigen Monaten während der Präsidentschaftswahlen neunzehnhundertsechzig.

Ich habe die Pflanze in einer leeren Metrecal-Dose begraben.

Auf der Dose steht: »Metrecal-Diät zur Gewichtskontrolle«, und darunter heißt es: »Metrecal enthält fettlose Milchbestandteile, Sojamehl, Milchfett, Saccharose, Stärke, Maisöl, Kokosnussöl, Hefe, Vanillin-Zucker«, aber die Dose ist jetzt nur noch ein Friedhof für eine Kobralilie, die braun geworden und vertrocknet ist und kleine schwarze Flecken bekommen hat.

Als eine Art Trauerkranz steckt ein blau-weiß-roter

Button in der Pflanze, und auf dem Button steht: »Ich bin für Nixon.«

Das stärkste Motiv für das Ballett kommt von einer Beschreibung der Kobralilie. Die Beschreibung könnte auf einer Fußmatte am Vordereingang der Hölle stehen, oder sie könnte ein Orchester aus Leichenhallen dirigieren, die auf eiskalten Holzblasinstrumenten spielen, oder sie könnte ein atomarer Postbote sein, der durch Kiefernwälder huscht, in denen nie die Sonne scheint.

»Die Natur hat die Kobralilie mit den Werkzeugen ausgestattet, mit denen sie sich ihre eigene Nahrung fangen kann. Die gabelförmige Zunge ist mit Honigdrüsen besetzt, die die Insekten anlocken, von denen die Pflanze sich ernährt. Im Blütenkelch der Pflanze verhindern feine, nach innen gestellte Härchen, dass das Insekt zurückkriechen kann. Die Verdauungssäfte befinden sich im oberen Teil des Stiels.

Die Annahme, dass es notwendig sei, die Kobralilie täglich mit etwas Hackfleisch oder einem Insekt zu füttern, ist ein Irrtum.«

Hoffentlich legen die Tänzer einen guten Tanz hin. Sie haben unsere Träume und unsere Fantasie in ihren Füßen, während sie in Los Angeles für Forellenfischen in Amerika tanzen.

EIN WALDEN-TEICH FÜR
SCHNAPSBRÜDER

Der Herbst führte, wie die Achterbahn einer fleisch-
fressenden Pflanze, Portwein mit sich und die Leute,
die diesen dunklen, süßen Wein tranken, die Leute, die
bis auf mich schon alle nicht mehr sind.

Wir waren immer auf der Hut vor der Polizei und
gingen deshalb zum Trinken an den sichersten Ort,
den wir finden konnten – in den Park gegenüber der
Kirche.

In der Mitte des Parks standen drei Pappeln, und vor
den Pappeln stand eine Statue Benjamin Franklins. Wir
setzten uns hin und tranken Port.

Meine Frau war zu Hause. Sie war schwanger.

Ich rief sie immer an, wenn ich mit der Arbeit fertig
war, und sagte: »Ich komm erst ein bisschen später nach
Hause. Ich muss noch mit ein paar Freunden was trinken.«

Wir drei kauerten uns im Park auf den Boden und
redeten miteinander. Die beiden anderen waren herun-
tergekommene Künstler aus New Orleans, wo sie auf
der Pirate's Alley Porträts von Touristen gezeichnet hatten.

Jetzt in San Francisco, wo ihnen der kalte Herbstwind ins Gesicht blies, waren sie zu dem Schluss gekommen, dass ihnen die Zukunft nur noch zwei Möglichkeiten ließ: Sie konnten entweder einen Flohzirkus aufmachen oder sie konnten sich freiwillig in eine Nervenklinik einliefern lassen.

Darüber unterhielten sie sich eine Zeit lang und tranken Wein. Sie sprachen darüber, wie man Kleidchen für Flöhe machen könnte. Man brauchte ihnen nur farbige Papierschnipsel auf den Rücken zu kleben.

Sie sagten, wenn man Flöhe dressieren wolle, dann müsse man sie von sich abhängig machen und ihre Essgewohnheiten kontrollieren. Das ließe sich am besten dadurch bewerkstelligen, dass man sie immer nur zu einer bestimmten Zeit an sich heranließe; sie durften nur zu einer bestimmten Zeit an ihren Dresseuren herumknabbern.

Sie unterhielten sich über kleine Schubkarren, Billardtische und Fahrräder, die sie für die Flöhe bauen wollten.

Sie wollten fünfzig Cent Eintritt für ihren Flohzirkus verlangen. Das Flohzirkusgeschäft hatte ganz bestimmt eine Zukunft. Vielleicht würden sie sogar in der Ed Sullivan Show auftreten.

Natürlich hatten sie ihre Flöhe noch nicht, aber die konnte man sich leicht bei einer weißen Katze holen.

Dann kamen sie zu dem Schluss, dass die Flöhe von Siamkatzen wahrscheinlich intelligenter wären als die Flöhe von ganz gewöhnlichen herumstreunenden Katzen. Es war eigentlich auch logisch, dass Flöhe, die das

Blut intelligenter Katzen tranken, ganz automatisch auch selber intelligenter wurden.

Und so ging es weiter, bis das Thema erschöpft war, und wir zogen los, kauften noch eine Flasche Portwein und gingen wieder zurück zu den Bäumen und Benjamin Franklin.

Es war jetzt kurz vor Sonnenuntergang, und die Erde wurde kühler, wie es ihr von Ewigkeit her vorgeschrieben war, und Büromädchen aus der Montgomery Street zogen wie Pinguine nach Hause. Sie betrachteten uns flüchtig und konstatierten: Schnapsbrüder.

Dann unterhielten sich die beiden Künstler darüber, ob sie über den Winter freiwillig in eine Nervenanstalt gehen sollten. Sie sprachen davon, wie warm es in der Nervenklinik wäre, dass es dort Fernsehen gäbe, saubere Laken und weiche Betten, Hackfleischsoße mit Kartoffelbrei, einmal die Woche einen Tanzabend mit den weiblichen Irren, saubere Kleider, einen Rasierapparat, der unter Verschluss gehalten wurde, und hübsche junge Krankenschwestern.

Oh, ja, es gab durchaus eine Zukunft in der Nervenklinik. Kein Winter, den man dort verbrachte, wäre völlig verloren.

TOM MARTIN CREEK

Ich ging eines Morgens von Steelhead aus flussabwärts den Klamath River entlang, der Hochwasser führte und trübe war und die Intelligenz eines Dinosauriers besaß. Der Tom Martin Creek war ein kleiner Bach, der kaltes, klares Wasser führte, aus einem Canyon herausschoss, durch einen Kanal unter dem Highway hindurchfloss und dann in den Klamath mündete.

Ich warf meine Angel in einem kleinen Teich aus, der gleich hinter dem Highway an der Stelle lag, an der der Bach aus dem Kanal kam, und fing eine zwanzig Zentimeter lange Forelle. Die Forelle sah gut aus und kämpfte und zappelte auf dem Wasser, bis ich sie an Land gezogen hatte.

Obwohl der Bach sehr klein war und aus einem steilen Canyon kam, in dem dichtes Gestrüpp und Giftsumach wucherte, beschloss ich, dem Bach ein Stück zu folgen, weil mir sein Lauf gefiel und die Art, wie er sich bewegte.

Sein Name gefiel mir auch.

Tom Martin Creek.

Es ist eine gute Idee, Bäche nach Leuten zu benennen und hinterher ihren Werdegang noch eine Zeit lang zu verfolgen und zu sehen, was sie der Welt zu bieten haben, was sie wissen und was sie aus sich gemacht haben.

Aber der Bach erwies sich als richtiger Schweinehund. Es war ganz gottverdammt schwer, mir meinen Weg zu bahnen: Gestrüpp, Giftsumach und kaum gute Stellen zum Fischen, und an manchen Stellen war der Canyon so eng, dass der Bach zwischen den Felsen herausschoss wie Wasser aus einem Wasserhahn. Manchmal war es so schlimm, dass ich einfach nicht mehr wusste, wo ich jetzt noch hinspringen sollte.

Man musste ein Klempner ein, wenn man in diesem Bach fischen wollte.

Nach der ersten Forelle war ich alleine da drinnen. Aber das erfuhr ich erst später.

FORELLENFISCHEN AUF DER BÖSCHUNG

Die beiden Friedhöfe lagen nahe beieinander auf zwei kleinen Hügeln, und zwischen den Hügeln floss der Graveyard Creek, ein langsamer Bach, in dem es viele gute Forellen gab und der sich träge dahinschleppte wie ein Beerdigungszug an einem heißen Tag.

Und die Toten hatten überhaupt nichts dagegen, dass ich da fischte.

Auf dem einen Friedhof wuchsen hohe Tannen, und das Gras blieb das ganze Jahr lang Peter-Pan-grün, weil Wasser aus dem Bach hochgepumpt wurde, und auf dem Friedhof gab es hübsche Grabsteine, Statuen und Grabmäler aus Marmor zu sehen.

Der andere Friedhof war für die Armen, und auf diesem Friedhof gab es keine Bäume, und im Sommer wurde das Gras braun und schlaff wie ein Autoreifen, dem die Luft ausgegangen ist, bis im Spätherbst der Regen wie ein Mechaniker auftauchte.

Es gab keine hübschen Grabsteine für die armen Toten. Ihre Grabtafeln waren kleine Holzbretter, die aussahen wie verschimmelte Brotkanten:

Unserem aufopferungsvollen
Nichtsnutz von Vater
Unserer geliebten Mutter,
die sich zu Tode gearbeitet hat.

Auf einigen der Gräber standen Einmachgläser und Blechdosen mit verwelkten Blumen:

Zum Gedenken an John Talbot,
dem im Alter von achtzehn Jahren
in einer Kneipe
der Arsch abgeschossen wurde
1. November 1936
Dieses Mayonnaisenglas
mit verwelkten Blumen
ist vor einem halben Jahr
von seiner Schwester
hier hingestellt worden,
die jetzt bei den Verrückten wohnt.

Schließlich würden sich das Wetter und die Jahreszeiten ihrer hölzernen Namen annehmen wie ein schläfriger Koch in einer Imbissstube, der neben einem Bahnhof Eier über einem Grill aufschlägt. Und die Namen der Reichen und Wohlhabenden sind für lange Zeit auf marmorne Horsd'œuvres geschrieben wie Pferde, die auf gepflegten Wegen zum Himmel hinauftraben.

Ich fischte in der Abenddämmerung während der Laichzeit im Graveyard Creek und holte ein paar ganz ansehnliche Forellen heraus. Nur musste ich dabei die ganze Zeit an die Armut der Toten denken.

Einmal, als ich Forellen ausnahm, bevor ich kurz vor Einbruch der Nacht nach Hause ging, stellte ich mir vor, dass ich zum Friedhof der Armen hinüberginge und Gras einsammelte, Einmachgläser, Blechdosen, Grabtafeln, verwelkte Blumen, Wanzen, Unkraut und Erdklumpen. Dann stellte ich mir vor, dass ich diese Sachen alle mit nach Hause nähme, einen Haken in den Schraubstock spannte und aus diesen ganzen Sachen einen Köder machte. Dann würde ich hinausgehen, meine Leine mit dem Köder in den Himmel werfen und zuschauen, wie der Köder über den Wolken schwebt und dann mit dem Abendstern verschmilzt.

ÜBERS MEER, ÜBERS MEER

Der Mann, dem die Buchhandlung gehörte, war
kein Zauberwesen. Er war keine dreibeinige Krähe
auf der Löwenzahnseite des Bergs.

Er war natürlich ein Jude, ein ehemaliger Matrose bei
der Handelsmarine, der im Nordatlantik torpediert worden war und Tag um Tag da draußen auf dem Atlantik
trieb, bis der Tod ihn nicht mehr wollte. Er hatte eine
junge Frau, einen Herzinfarkt, einen Volkswagen und
ein Haus im Marin County. Er schätzte die Werke von
George Orwell, Richard Aldington und Edmund Wilson.

Mit sechzehn wurde er in die Geheimnisse des Lebens
eingeführt, zuerst von Dostojewski und dann von den
Huren in New Orleans.

Die Buchhandlung war ein Parkplatz für gebrauchte
Friedhöfe. Tausende von Friedhöfen standen in langen
Reihen da wie Autos. Die meisten der Bücher waren
vergriffen, und niemand wollte sie mehr lesen, und die
Leute, die die Bücher gelesen hatten, waren entweder
gestorben oder hatten sie vergessen, aber durch den
organischen Prozess der Musik waren sie wieder jung-

fräulich geworden. Sie trugen ihre uralten Copyrights wie ganz neue Jungfernhäutchen.

Ich ging in diesem schrecklichen Jahr 1959 immer nach der Arbeit in die Buchhandlung.

Der Buchhändler hatte hinter dem Laden eine Küche, in der er dicken türkischen Kaffee in einem Kupfertiegel braute. Ich trank Kaffee, las alte Bücher und wartete darauf, dass das Jahr zu Ende ging. Der Mann hatte ein kleines Zimmer über der Küche.

Von dem Zimmer aus konnte man in die Buchhandlung hinunterschauen, und es war durch eine spanische Wand vom Laden getrennt. Im Zimmer standen eine Couch, eine Glasvitrine mit chinesischen Sachen, ein Tisch und drei Stühle. An das Zimmer schloss sich ein winziges Bad an, das wie ein kleines Täschchen für eine Taschenuhr wirkte.

Eines Tages saß ich auf einem Hocker in der Buchhandlung und las ein Buch, das geformt war wie ein Kelch. Die Seiten des Buchs waren klar wie Gin, und auf der ersten Seite stand:

Billy
the Kid,
geboren am
23. November
1859
in
New York
City

Der Besitzer der Buchhandlung kam auf mich zu, legte mir den Arm auf die Schulter und sagte: »Hast du Lust zu bumsen?« Seine Stimme klang sehr freundlich.

»Nein«, sagte ich.

»Da täuschst du dich«, sagte er, und dann ging er, ohne noch etwas zu sagen, aus der Buchhandlung auf die Straße und hielt zwei völlig fremde Leute an, einen Mann und eine Frau. Er sagte kurz etwas zu ihnen. Ich konnte nicht hören, was er sagte. Er deutete auf mich in der Buchhandlung. Die Frau nickte, und dann nickte der Mann.

Sie kamen in den Laden.

Ich war ziemlich verlegen. Ich konnte nicht aus der Buchhandlung verschwinden, weil es nur eine Tür gab, und das war die, durch die sie hereinkamen. Also beschloss ich, nach oben und aufs Klo zu gehen. Ich stand schnell auf, ging nach hinten und hinauf ins Badezimmer, und sie kamen hinter mir her.

Ich hörte ihre Schritte auf der Treppe.

Ich blieb lange im Badezimmer und wartete, und sie warteten genauso lange im anderen Zimmer. Sie sprachen kein einziges Wort miteinander. Als ich aus dem Bad herauskam, lag die Frau nackt auf der Couch, und der Mann saß daneben auf einem Stuhl. Sein Hut lag auf seinem Schoß.

»Kümmere dich nicht um ihn«, sagte das Mädchen. »Ihm ist das ganz egal. Er ist reich. Er hat 3859 Rolls-Royces.« Das Mädchen war sehr hübsch, und ihr Körper war wie ein klarer Gebirgsfluss aus Haut und Muskeln, der über Felsen aus Knochen und über verborgene Nerven gleitet.

»Komm zu mir«, sagte sie. »Komm ganz tief in mich rein, denn wir sind beide Wassermann, und ich liebe dich.«

Ich schaute den Mann auf dem Stuhl an. Er lächelte nicht, und er wirkte auch nicht traurig.

Ich zog meine Schuhe und alle meine Sachen aus. Der Mann sagte kein Wort.

Der Körper des Mädchens bewegte sich fast unmerklich hin und her.

Ich hatte keine Wahl, denn mein Körper war wie ein Schwarm Vögel auf einem Telefondraht, der in die Welt hinausgespannt war, und Wolken rüttelten vorsichtig an den Drähten.

Ich bumste mit dem Mädchen.

Es war wie die ewige 59ste Sekunde, wenn sie zur Minute wird und dann irgendwie dämlich aussieht.

»Gut«, sagte das Mädchen und drückte mir einen Kuss ins Gesicht.

Der Mann saß da, ohne ein Wort zu sagen, ohne sich zu bewegen und ohne irgendwelche Gefühlsregungen zu zeigen. Er war wahrscheinlich wirklich reich und hatte 3859 Rolls-Royces.

Danach zog sich das Mädchen an, und sie und der Mann gingen aus dem Zimmer. Als sie auf dem Weg nach draußen die Treppe hinuntergingen, hörte ich, wie der Mann zum ersten Mal etwas sagte.

»Hast du Lust, zu Ernie's zum Essen zu gehen?«

»Ich weiß nicht«, sagte das Mädchen. »Es ist noch ein bisschen früh, um schon ans Essen zu denken.«

Ich hörte, wie die Tür zuging, und dann waren sie weg. Ich zog mich an und ging nach unten. Mein Körper fühlte sich weich und entspannt an wie ein Experiment in funktioneller Musik.

Der Besitzer der Buchhandlung saß an seinem Schreibtisch hinter der Ladentheke. »Ich will dir erklären, was da oben passiert ist«, sagte er in einer schönen Stimme, die das absolute Gegenteil von dreibeinigen Krähen und von der Löwenzahnseite des Bergs war.

»Was?«, fragte ich.

»Du hast im Spanischen Bürgerkrieg gekämpft. Du warst ein junger Kommunist aus Cleveland, Ohio. Sie war eine Malerin. Eine Jüdin aus New York, die sich die Sehenswürdigkeiten des Spanischen Bürgerkriegs anschaute, als sei der Krieg der Mardi Gras in New Orleans, der von griechischen Statuen aufgeführt wurde.

Sie hat gerade ein Bild von einem toten Anarchisten gezeichnet, als du sie kennengelernt hast. Sie hat dich gebeten, dich neben den Anarchisten zu stellen und so zu tun, als hättest du ihn umgebracht. Du hast sie ins Gesicht geschlagen und etwas gesagt, was ich hier nicht wiederholen möchte. Es wäre mir peinlich.

Ihr habt euch sehr ineinander verliebt.

Einmal, als du an der Front warst, hat sie *Anatomy of Melancholy* gelesen und 349 Zeichnungen von einer Zitrone gemacht.

Eure Liebe war vorwiegend geistiger Natur. Keiner

von euch beiden benahm sich im Bett wie ein Millionär.

Als Barcelona fiel, seid ihr beide nach England geflogen und habt dann ein Schiff zurück nach New York genommen. Eure Liebe blieb in Spanien. Es war nur eine Kriegsliebe. Ihr habt nur euch selber geliebt, als ihr euch während des Krieges in Spanien geliebt habt. Auf dem Atlantik änderte sich euer Verhalten zueinander, und ihr wurdet mit jedem Tag Leuten ähnlicher, die auf immer füreinander verloren sind.

Jede Woge des Atlantik war wie eine tote Möwe, die ihre Treibholzartillerie von Horizont zu Horizont schleppt.

Als das Schiff anlegte und ganz leicht gegen Amerika rumste, seid ihr wortlos auseinandergegangen und habt euch nie wiedergesehen. Das Letzte, was ich von dir gehört habe, war, dass du immer noch in Philadelphia wohnst.«

»Und du glaubst, dass das da oben passiert ist?«, fragte ich.

»Teilweise«, sagte er. »Ja, das gehört dazu.«

Er holte seine Pfeife heraus, stopfte sie mit Tabak und zündete sie an.

»Soll ich dir erzählen, was sonst noch da oben passiert ist?«, sagte er.

»Ja, erzähl mal.«

»Du bist über die Grenze nach Mexiko«, sagte er. »Du bist auf deinem Pferd in eine kleine Stadt geritten. Die Leute wussten, wer du warst, und sie hatten Angst vor dir. Sie wussten, dass du schon viele Männer mit der Pistole umgebracht hattest, die du an der Hüfte trugst. Die Stadt war so klein, dass es dort nicht einmal einen Priester gab.

Als dich die mexikanischen Polizisten sahen, flüchteten sie aus der Stadt. Obwohl sie harte Burschen waren, wollten sie nichts mit dir zu tun haben. Sie flüchteten aus der Stadt.

Du wurdest der mächtigste Mann in der Stadt.

Du wurdest von einem dreizehnjährigen Mädchen verführt, und ihr habt zusammen in einer Adobehütte gewohnt und praktisch nichts anderes gemacht, als miteinander geschlafen.

Sie war schlank und hatte langes, dunkles Haar. Ihr habt in allen möglichen Positionen miteinander geschlafen, im Stehen, im Sitzen, oder ihr habt es auf dem Lehmfußboden mitten unter lauter Schweinen und Hühnern miteinander getrieben. Die Wände, der Boden und sogar das Dach der Hütte waren bedeckt mit deinem Samen und ihrem Saft.

Ihr habt nachts auf dem Fußboden geschlafen und deinen Samen als Kissen und ihren Saft als Decke benutzt.

Die Leute in der Stadt hatten so große Angst vor dir, dass sie nichts unternehmen konnten.

Einige Zeit später begann das Mädchen, ohne Kleider in der Stadt herumzulaufen, und die Leute in der Stadt sagten, das sei nicht gut, und als du anfingst, ohne Kleider herumzulaufen, und als ihr beide dann mitten auf dem Zócalo auf deinem Pferd zu bumsen anfingt, bekamen die Leute in der Stadt so große Angst, dass sie die Stadt verließen. Seither ist die Stadt leer und verlassen.

Die Leute wollen da nicht leben.

Keiner von euch beiden wurde einundzwanzig. Es war nicht nötig.

Siehst du, ich weiß, was da oben passiert ist«, sagte er. Er lächelte mich freundlich an. Seine Augen waren wie die Schnürsenkel eines Cembalos.

Ich dachte an das, was oben passiert war.

»Du weißt, dass das, was ich sage, die Wahrheit ist«, sagte er. »Denn du hast es mit deinen eigenen Augen gesehen und mit deinem eigenen Körper erfahren. Lies jetzt das Buch zu Ende, das du gelesen hast, bevor du gestört worden bist. Ich freu mich, dass du eine Nummer geschoben hast.«

Kaum hatte ich wieder zu lesen begonnen, blätterten sich die Seiten des Buchs immer schneller und schneller um, bis sie sich so schnell drehten wie Schaufelräder im Meer.

DAS LETZTE JAHR, IN DEM FORELLEN
DEN HAYMAN CREEK HERAUFKAMEN

Jetzt gibt es den alten Furzer nicht mehr. Der Hayman Creek wurde nach Charles Hayman benannt, der ein ziemlich kümmerlicher Pionier in einem Land war, in dem nicht viele leben wollten, weil es karg, hässlich und Furcht einflößend war. Er baute – das war 1876 – eine Hütte an einem kleinen Bach, der einen nutzlosen Hügel hinunterlief. Nachdem einige Zeit vergangen war, wurde der Bach Hayman Creek genannt.

Mr Hayman konnte weder lesen noch schreiben und fand, dass er es damit gut erwischt hatte. Er machte jahre- und jahre- und jahre- und jahrelang immer irgendwelche Gelegenheitsarbeiten.

Ihr Maultier ist Ihnen zusammengeklappt?

Holen Sie Mr Hayman. Er kriegt es wieder hin.

Ihre Zäune brennen?

Holen Sie Mr Hayman zum Löschen.

Mr Hayman ernährte sich von grob gemahlenem Weizen und Grünkohl. Er kaufte sich immer einen Zentnersack Weizen und zerkleinerte die Körner selber mit Mörser und Stößel. Den Grünkohl baute er vor seiner

Hütte an, und er hegte und pflegte seine Kohlköpfe, als seien sie preisgekrönte Orchideen.

Während der ganzen Zeitspanne, die sein Leben ausmachte, hatte Mr Hayman keine einzige Tasse Kaffee getrunken, er hat nicht geraucht, nie etwas getrunken, nie eine Frau gehabt. Er wäre sich albern dabei vorgekommen.

Im Winter zogen ein paar Forellen den Hayman Creek hinauf, aber im Sommer war der Bach fast ausgetrocknet und führte keine Fische.

Mr Hayman fing immer eine oder zwei Forellen und aß dann rohe Forelle mit seinem grob gemahlenen Weizen und seinem Grünkohl, und dann war er eines Tages so alt, dass er keine Lust mehr zum Arbeiten hatte, und er sah so alt aus, dass die Kinder glaubten, er müsse ein böser Mensch sein, weil er alleine lebte, und sie hatten Angst, den Bach hinaufzugehen und seiner Hütte zu nahe zu kommen.

Mr Hayman störte sich nicht daran. Kinder waren das Letzte auf der Welt, mit dem er etwas anfangen konnte. Lesen und Schreiben und Kinder – das war alles dasselbe, dachte Mr Hayman, mahlte seinen Weizen, hegte und pflegte seinen Grünkohl und fing eine oder zwei Forellen, wenn welche im Bach waren.

Er sah dreißig Jahre lang wie neunzig aus, und dann hatte er das Gefühl, dass er sterben würde, und er starb auch. In dem Jahr, in dem er starb, zogen keine Forellen den Hayman Creek hinauf, und sie kamen auch hinterher nie wieder. Jetzt, wo der alte Mann tot war, dachten sich die Forellen, es sei besser, da zu bleiben, wo sie waren.

Der Mörser und der Stößel fielen aus dem Regal und zerbrachen.

Die Hütte verkam und verrottete.

Und Unkraut machte sich zwischen den Kohlköpfen breit.

Zwanzig Jahre nach Mr Haymans Tod setzten ein paar Jäger und Angler Forellen in die Bäche und Flüsschen in der Gegend da oben.

»Hier könnten wir auch ein paar reinsetzen«, sagte einer der Männer.

»Na klar«, sagte der andere.

Sie schütteten einen Eimer Forellen in den Bach, und kaum hatten die Forellen das Wasser berührt, da drehten sie auch schon ihre weißen Bäuche nach oben und trieben tot den Bach hinunter.

FORELLENTOD DURCH PORTWEIN

Es war kein Klohäuschen im Freien, das sich nur der Fantasie verdankte.

Es war Realität.

Eine fünfundzwanzig Zentimeter lange Regenbogenforelle war ermordet worden. Jemand gab ihr einen Schluck Portwein zu trinken, und sie konnte nie wieder durch die Gewässer der Erde ziehen.

Es ist gegen die natürliche Ordnung des Todes, dass eine Forelle an einem Schluck Portwein stirbt.

Es ist in Ordnung, wenn einer Forelle von einem Angler das Genick gebrochen und wenn sie dann in den Fischkorb geworfen wird oder wenn sie an einem Pilz stirbt, der wie zuckerfarbene Ameisen ihren Körper überzieht, bis sie in der Zuckerdose des Todes landet.

Es ist in Ordnung, wenn eine Forelle in einem Teich endet, der im Spätsommer austrocknet, oder wenn sie sich in den Krallen eines Vogels oder den Klauen eines Tieres wiederfindet.

Ja, es ist sogar in Ordnung, wenn eine Forelle durch Umweltschäden ums Leben kommt und in einem Fluss stirbt, der voll tödlicher, erstickender menschlicher Exkremente ist.

Es gibt Forellen, die an Altersschwäche sterben und deren weiße Bärte ins Meer treiben.

Alle diese Dinge liegen in der natürlichen Ordnung des Todes, aber wenn eine Forelle an einem Schluck Portwein stirbt, dann ist das eine andere Geschichte.

Dieser Vorgang findet keine Erwähnung im »Traktat über das Fischen mit einer Angel« im *Buch von St. Albans*, erschienen 1496. Er findet keine Erwähnung in *Kleine Angelschule für Kalkbäche* von H. C. Cutcliffe, erschienen 1910. Keine Erwähnung in *Die Wahrheit ist merkwürdiger als das Angeln* von Beatrice Cook, erschienen 1955. Keine Erwähnung in *Memoiren aus dem Norden* von Richard Franck, erschienen 1694. Keine Erwähnung in *Ich gehe fischen* von W. C. Prime, erschienen 1873. Keine Erwähnung in *Forellenfischen und Forellenfliegen* von Jim Quick, erschienen 1957. Keine Erwähnung in *Spezielle Experimente mit Fisch und Frucht* von John Taverner, erschienen 1600. Keine Erwähnung in *Ein Fluss schläft nie* von Roderick L. Haig Brown, erschienen 1946. Keine Erwähnung in *Bis dass der Fisch uns scheidet* von Beatrice Cook, erschienen 1949. Keine Erwähnung in *Fliegenfischen aus der Sicht der Forelle* von Col. E. W. Harding, erschienen 1931. Keine Erwähnung in *Studien zum Kalkstrom* von Charles Kingsley, erschienen 1859. Keine Erwähnung in *Geisteskrankheiten bei Forellen* von Robert Traver, erschienen 1960.

Keine Erwähnung in *Sonnenschein und die Trockenfliege*

von J. W. Dunne, erschienen 1924. Keine Erwähnung in *Nichts als Fischen* von Ray Bergman, erschienen 1932. Keine Erwähnung in *Laichzeiten und Laichplätze* von Ernest G. Schwiebert jun., erschienen 1955. Keine Erwähnung in *Die Kunst des Forellenfischens in schnellen Fließgewässern* von H. C. Cutcliffe, erschienen 1863. Keine Erwähnung in *Alte Fliegen in neuen Kleidern* von C. E. Walker, erschienen 1898. Keine Erwähnung in *Frühling des Fischers* von Roderick L. Haig Brown, erschienen 1951. Keine Erwähnung in *Der konsequente Angler und die Bachforelle* von Charles Bradford, erschienen 1916. Keine Erwähnung in *Auch Frauen können fischen* von Chisie Farrington, erschienen 1951. Keine Erwähnung in *Geschichten aus dem Anglerparadies Neuseeland* von Zane Grey, erschienen 1926. Keine Erwähnung in *Leitfaden für den Fliegenfischer* von G. C. Bainbridge, erschienen 1816.

Nirgendwo wird eine Forelle erwähnt, die an einem Schluck Portwein stirbt.

Um den höchsten Vollstrecker zu beschreiben: Wir wachten am Morgen auf, und draußen war es dunkel. Auf seinem Gesicht lag fast so etwas wie ein Lächeln, als er in die Küche kam, und wir frühstückten.

Bratkartoffeln, Eier und Kaffee.

»Na, du alter Schweinehund«, sagte er. »Gib mir doch mal das Salz rüber.«

Das Angelzeug war schon im Wagen, und wir stiegen ein und fuhren los. Im ersten Licht der Morgendämmerung erreichten wir die Straße am Fuß der Berge und fuhren in die Dämmerung hinauf.

Das Licht hinter den Bäumen war wie ein langsamer Spaziergang durch ein seltsames Kaufhaus.

»Das war ein hübsches Mädchen, letzte Nacht«, sagte er.

»Ja«, sagte ich. »Das hast du gut hingekriegt.«

»Na ja, wenn einem ein Schuh passt …«, sagte er.

Der Owl Snuff Creek war ein kleiner Bach, nur ein paar Meilen lang, aber es gab gute Forellen da oben. Wir stiegen aus dem Wagen und gingen eine Viertelmeile den Bergabhang hinunter zum Bach. Ich steckte meine Angelrute zusammen. Der höchste Vollstrecker zog eine Flasche Portwein aus der Jackentasche und sagte: »Das hast du dir doch denken können.«

»Nein, danke«, sagte ich.

Er trank einen kräftigen Schluck, schüttelte dann den Kopf von links nach rechts und sagte: »Weißt du, woran mich dieser Bach hier erinnert?«

»Nein«, sagte ich und befestigte eine graugelbe Fliege an meiner Leine.

»Er erinnert mich an Evangelines Vagina, die einer der ewigen Träume meiner Kindheit und der Trost meiner Jugend war.«

»Das ist gut«, sagte ich.

»Longfellow war der Henry Miller meiner Kindheit«, sagte er.

»Gut«, sagte ich.

Ich warf meine Leine in eine ruhige Stelle, an deren Rand ein Schwarm Tannennadeln kreiste. Die Tannennadeln bewegten sich die ganze Zeit im Kreis. Es gab

eigentlich keinen Grund, warum sie von Bäumen gefallen sein sollten. Sie wirkten im Wasser vollkommen
zufrieden und natürlich, als seien sie da drin auf Wasser-
ästen gewachsen.

Als ich die Angel zum dritten Mal auswarf, traf ich
nur knapp daneben.

»Junge, Junge«, sagte er. »Ich glaub, ich schau dir jetzt
mal beim Fischen zu. Das gestohlene Gemälde hängt im
Nachbarhaus.«

Ich fischte und zog immer weiter stromaufwärts und
kam immer näher an das enge Treppenhaus des Canyons.
Ich ging das Treppenhaus hinauf, als würde ich ein
Kaufhaus betreten. Im Fundbüro fing ich drei Forellen.
Der höchste Vollstrecker steckte nicht einmal seine An-
gelrute zusammen. Er ging einfach hinter mir her, trank
Portwein und stocherte mit einem Stock in der Welt-
geschichte herum.

»Das ist ein wunderschöner Bach«, sagte er. »Er erinnert mich an Evangelines Hörgerät.«

Schließlich kamen wir an eine große unbewegte Stelle
des Bachs, die an dem Punkt entstanden war, an dem der
Bach durch die Spielwarenabteilung toste. Am Anfang
dieser unbewegten Stelle war das Wasser wie Sahne, dann
wurde es klar, und der Schatten eines großen Baums
spiegelte sich darin. Jetzt war auch die Sonne rausgekom-
men. Man sah, wie sie den Berg herunterkam.

Ich warf meine Angel aus, warf sie in die Sahne hinaus und ließ sie neben einem Vogel an einem langen
Zweig des Baums hinuntergleiten.

Zack-peng!

Ich ruckte mit der Angel, der Haken saß, und die Forelle fing an zu zappeln.

»Giraffenrennen am Kilimandscharo!«, rief der höchste Vollstrecker, und jedes Mal, wenn die Forelle zappelte, dann zappelte er auch.

»Bienenrennen am Mount Everest!«, rief er.

Ich hatte kein Netz dabei, deshalb zog ich die Forelle an den Rand des Bachs und schleuderte sie aufs Ufer.

Die Forelle hatte einen großen roten Streifen an der Seite.

Es war eine ganz beachtliche Regenbogenforelle.

»Ein schöner Fisch«, sagte der höchste Vollstrecker.

Er hob sie auf, und sie wand und drehte sich in seinen Händen.

»Brich ihr den Hals«, sagte ich.

»Ich weiß was Besseres«, sagte er. »Bevor ich sie umbringe, will ich ihr den Tod etwas erleichtern. Diese Forelle hier braucht einen Drink.« Er zog die Flasche Portwein aus der Tasche, schraubte den Verschluss ab und kippte der Forelle einen kräftigen Schluck ins Maul.

Die Forelle begann zu zucken.

Sie wand sich in Krämpfen und zitterte wie ein Fernrohr bei einem Erdbeben. Ihr Maul stand weit offen und zitterte und bebte wie der Mund eines Menschen, der mit den Zähnen klappert.

Der höchste Vollstrecker legte die Forelle auf einen weißen Felsen; sie lag mit dem Kopf nach unten, Wein lief ihr aus dem Maul und hinterließ auf dem Felsen einen Fleck.

Die Forelle lag jetzt ganz still da.

»Sie hat einen angenehmen Tod gehabt«, sagte der höchste Vollstrecker.

»Das ist meine Ode an die Anonymen Alkoholiker.«

»Schau mal da!«

DIE AUTOPSIE VON
FORELLENFISCHEN IN AMERIKA

Das hier ist die Autopsie von Forellenfischen in Amerika, und es ist ganz so, als sei Forellenfischen in Amerika Lord Byron gewesen, sei in Mesolongion, Griechenland, gestorben und habe nie wieder die Küste Idahos gesehen, nie wieder den Carrie Creek, Worsewick Hot Springs, Paradise Creek, Salt Creek und Duck Lake.

Die Autopsie von Forellenfischen in Amerika:

»Die Leiche befand sich in ausgezeichnetem Zustand, und es lässt sich vermuten, dass der Tod durch plötzliches Ersticken eingetreten ist. Bei Öffnung der Schädeldecke zeigte sich, dass die Knochen der Hirnschale sehr fest und ohne Nahtstellen waren, wie die Hirnknochen einer achtzigjährigen Person; sie waren so fest und stabil, dass man durchaus sagen könnte, die Hirnschale sei aus einem einzigen festen Knochen geformt gewesen ... Beim Versuch, mit einer Säge die Dura Mater vom Knochen zu trennen, stellte sich heraus, dass die Hirnhaut derartig fest an der Hirnschale saß, dass die Kraft zweier starker Männer nicht ausreichte ... Groß-

hirn und Kleinhirn wogen zusammen etwa sechs medizinische Pfund. Die Nieren waren sehr groß, aber
gesund, und die Harnblase war verhältnismäßig klein.«

Am 2. Mai 1824 verließ die Leiche von Forellenfischen in Amerika Mesolongion auf einem Schiff, das
am Abend des 29. Juni 1824 in England ankommen
sollte.

Die Leiche von Forellenfischen in Amerika wurde in
einem Fass eingelegt, das 820 Liter Branntwein enthielt:
Oh, das ist ein langer Weg von Idaho, ein langer Weg
vom Stanley Basin, vom Little Redfish Lake, vom Big
Lost River und vom Lake Josephus und dem Big Wood
River.

DIE NACHRICHT

Letzte Nacht zog etwas Blaues, der Rauch von unserem Lagerfeuer, ins Tal hinunter und verband sich mit dem Klang einer Glocke, die einer Stute, einem Leittier, um den Hals hing. Das Blaue und die Glocke verbanden sich so innig miteinander, dass sie nicht mehr getrennt werden konnten, ganz gleich, wie sehr man sich auch anstrengte. Es gab kein Stemmeisen, das groß genug dafür gewesen wäre.

Gestern Nachmittag fuhren wir die Straße von Wells Summit hinunter und stießen auf eine Schafherde. Die Schafe bewegten sich auch auf der Straße dahin.

Der Schäfer ging vor dem Wagen her und trieb die Schafe mit einem Ast, an dem noch Blätter hingen, auf die Seite. Er sah aus wie ein junger, dünner Adolf Hitler, aber freundlich.

Ich glaube, es waren ungefähr tausend Schafe auf der Straße. Es war heiß und staubig und laut, und alles zog sich ewig hin.

Am Ende der Schafherde fuhr ein Planwagen, der von zwei Pferden gezogen wurde. Ein drittes Pferd, die

Stute mit der Glocke, war hinten am Wagen festgebunden. Die weiße Plane wellte sich im Wind, und der Wagen fuhr ohne Kutscher. Der Kutschbock war leer.

Schließlich hatte der Schäfer, der aussah wie Adolf Hitler, aber freundlich wirkte, auch die letzten Schafe auf die Seite getrieben. Er lächelte, und wir winkten und sagten Danke.

Wir suchten nach einer guten Stelle zum Lagern. Wir fuhren die Straße entlang, folgten dem Little Smoky ungefähr fünf Meilen und sahen keine Stelle, die uns gefiel.

Deshalb entschlossen wir uns, wieder umzukehren und zu der Stelle zurückzufahren, die wir gerade oben am Carrie Creek gesehen hatten.

»Hoffentlich sind diese gottverdammten Schafe nicht wieder auf der Straße«, sagte ich.

Wir fuhren zu der Stelle zurück, an der wir sie gesehen hatten, und sie waren natürlich weg, aber als wir auf der Straße weiterfuhren, zockelten wir nur noch durch Schafscheiße. Wir hatten eine Meile lang Schafscheiße vor uns.

Ich schaute die ganze Zeit auf die Wiese hinüber, die sich am Little Smoky entlangzog, weil ich hoffte, dass ich die Schafe da drüben sehen könnte, aber weit und breit waren keine Schafe in Sicht, sondern nur die Scheiße vor uns auf der Straße.

Als sei das Ganze ein Spiel, das der Schließmuskel erfunden hatte, wussten wir, was lief. Wir schüttelten den Kopf und warteten.

Dann fuhren wir um eine Kurve, und die Schafe

schossen wie ein Feuerwerk auf die Straße, und wieder hatten wir tausend Schafe und den Schäfer vor uns, die sich fragten, was zum Teufel da los sei. Das fragten wir uns auch.

Auf dem Rücksitz war noch Bier. Es war nicht gerade kalt, aber es war auch nicht warm. Ich muss Ihnen sagen, es war mir ganz schön peinlich. Ich nahm eine Flasche Bier und stieg aus dem Auto.

Ich ging zu dem Schäfer hinüber, der wie Adolf Hitler, aber freundlich aussah.

»Es tut mir leid«, sagte ich.

»Es liegt an den Schafen«, sagte er. (Oh, süße, ferne Blüten in München und Berlin!) »Manchmal machen sie Ärger, aber am Ende renkt sich alles wieder ein.«

»Haben Sie Lust auf eine Flasche Bier?«, sagte ich. »Es tut mir leid, dass wir Ihnen noch mal so viel Unannehmlichkeiten machen.«

»Danke«, sagte er und zuckte die Achseln. Er nahm das Bier und stellte es auf den leeren Kutschbock des Planwagens. So sah es also aus. Es dauerte lange, bis wir von den Schafen befreit waren. Sie waren wie ein Netz, das schließlich von unserem Auto weggezogen wurde.

Wir fuhren zu der Stelle am Carrie Creek, schlugen das Zelt auf, holten unsere Sachen aus dem Auto und stapelten sie im Zelt.

Dann fuhren wir noch ein Stück am Bach hinauf zu der Stelle, an der es Biberdämme gab und an der uns die Forellen anstarrten wie Laub, das in den Bach gefallen war.

Wir packten Holz für das Feuer in den Kofferraum, und ich fing einen Schwung von diesen Blättern zum Essen. Sie waren klein und dunkel und kalt. Der Herbst war gut zu uns.

Als wir an unseren Lagerplatz zurückkamen, sah ich ein Stück weiter unten auf der Straße den Planwagen des Schäfers und hörte auf der Wiese die Glocke der Stute und das entfernte Geräusch der Schafe.

Es war der letzte Kreis, in dem der Schäfer, der aussah wie Adolf Hitler, aber freundlich wirkte, der Durchmesser war. Er lagerte da unten für die Nacht.

Und so zog sich in der Dämmerung der blaue Rauch unseres Lagerfeuers hinunter zu der Stute mit der Glocke.

Die Schafe lullten sich in einen dumpfen Schlaf, eins folgte dem anderen wie die Fahnen einer verlorenen Armee. Ich habe hier eine sehr wichtige Nachricht, die ich gerade vor ein paar Augenblicken bekommen habe. Sie lautet »Stalingrad«.

»FORELLENFISCHEN IN AMERIKA«-TERRORISTEN

»Lange lebe unser Freund der Revolver!
Lange lebe unser Freund das Maschinengewehr!«
Gesang israelischer Terroristen

Eines Morgens im April, als wir in die sechste Klasse gingen, wurden wir zuerst aus Zufall und dann vorsätzlich »Forellenfischen in Amerika«-Terroristen.

Das kam so: Wir waren ein seltsamer Haufen Kinder.

Wir mussten immer wegen unserer gewagten Streiche vor dem Rektor erscheinen. Der Rektor war ein junger Mann, und er hatte eine geniale Art, mit uns umzugehen.

Eines Morgens im April standen wir auf dem Schulhof herum und stellten uns vor, der Hof sei eine riesige Freiluft-Spielhalle mit Billardtischen, auf denen die Erstklässler wie Billardkugeln auftauchten und wieder verschwanden. Die Aussicht auf einen neuen Schultag und auf das Thema Kuba nervte uns ziemlich.

Einer von uns hatte ein weißes Stück Kreide, und als ein Erstklässler vorbeikam, schrieb dieser Junge aus unserer Gruppe dem Erstklässler ganz lässig und locker »Forellenfischen in Amerika« auf den Rücken.

Der Erstklässler krümmte und bog sich, um zu lesen, was auf seinem Rücken stand, aber er konnte es nicht sehen, zuckte schließlich die Achseln und ging zu den Schaukeln hinüber.

Wir schauten dem Erstklässler nach, der mit »Forellenfischen in Amerika« auf dem Rücken wegging. Es sah gut aus, und es wirkte ganz natürlich und angenehm, dass auf dem Rücken eines Erstklässlers mit Kreide »Forellenfischen in Amerika« geschrieben stand.

Als ich das nächste Mal einen Erstklässler sah, lieh ich mir von meinem Freund die Kreide und sagte: »Kleiner, du wirst hier drüben gebraucht.«

Der Erstklässler kam zu mir herüber, und ich sagte: »Dreh dich um.«

Der Erstklässler drehte sich um, und ich schrieb ihm »Forellenfischen in Amerika« auf den Rücken. Es sah hier bei dem zweiten Erstklässler noch besser aus. Wir waren ganz hingerissen davon. »Forellenfischen in Amerika.« Es war ganz sicher ein Gewinn für die Erstklässler. Es gab ihnen den letzten Schliff und eine gewisse Klasse.

»Es sieht wirklich gut aus, was?«

»Ja.«

»Kommt, wir holen uns noch Kreide.«

»Ja, los.«

»Da drüben am Klettergerüst sind noch ne ganze Menge Erstklässler.«

»Stimmt.«

Wir besorgten uns später alle noch Kreide, und am Ende der großen Pause hatten fast alle Erstklässler, die Mädchen eingeschlossen, »Forellenfischen in Amerika« auf dem Rücken stehen.

Allmählich trafen im Rektorat Beschwerden von den Lehrern der Erstklässler ein. Eine der Beschwerden traf in Form eines kleinen Mädchens ein.

»Miss Robins schickt mich«, sagte sie zum Rektor. »Sie hat gesagt, ich soll Ihnen das hier mal zeigen.«

»Was sollst du mir zeigen?«, sagte der Rektor und schaute das Mädchen an, an dem nichts Auffälliges zu bemerken war.

»Das auf meinem Rücken«, sagte sie.

Das kleine Mädchen drehte sich um, und der Rektor las laut vor: »›Forellenfischen in Amerika‹.«

»Wer war das?«, sagte der Rektor.

»Diese Bande aus der sechsten«, sagte sie. »Die Schlimmen. Sie haben es mit uns allen gemacht, mit allen Erstklässlern. Wir sehen alle so aus. ›Forellenfischen in Amerika.‹ Was bedeutet das denn? Ich hab den Pullover ganz neu von meiner Großmutter gekriegt.«

»Na so was. ›Forellenfischen in Amerika‹«, sagte der Rektor. »Sag Miss Robins, dass ich bald zu ihr runterkomme.« Dann schickte er das Mädchen weg, und bald darauf wurden wir Terroristen aus der Unterwelt nach oben zitiert.

Wir stapften widerwillig ins Rektorat, zappelten und scharrten mit den Füßen, schauten zum Fenster hinaus und gähnten, und einer von uns fing plötzlich wie verrückt zu blinzeln an, und wir steckten die Hände in die Taschen und schauten weg, und dann schauten wir wieder hin, schauten zur Deckenbeleuchtung hoch, die große Ähnlichkeit mit einer gekochten Kartoffel hatte, und schauten dann wieder das Bild der Mutter des Rektors an. Sie war einmal ein Stummfilmstar gewesen und war hier auf dem Bild an eine Eisenbahnschiene gefesselt.

»Kommt euch ›Forellenfischen in Amerika‹ irgendwie bekannt vor, Jungs?«, sagte der Rektor. »Ich wüsste gern, ob ihr es heute vielleicht schon irgendwo gelesen habt? ›Forellenfischen in Amerika.‹ Denkt mal scharf darüber nach.«

Wir dachten scharf darüber nach.

Im Zimmer herrschte tiefes Schweigen. Es war ein Schweigen, das wir alle sehr gut kannten, weil wir in letzter Zeit schon öfter mal im Rektorat gewesen waren.

»Ich will euch ein bisschen auf die Sprünge helfen«, sagte der Rektor. »Vielleicht habt ihr ›Forellenfischen in Amerika‹ auf dem Rücken der Erstklässler gesehen. Es ist mit Kreide geschrieben. Ich frage mich nur, wie es da hingekommen ist.«

Wir konnten ein nervöses Grinsen nicht unterdrücken.

»Ich war gerade in Miss Robins erster Klasse«, sagte der Rektor. »Ich habe den Kindern gesagt, dass diejenigen, die ›Forellenfischen in Amerika‹ auf dem Rücken hatten, die Hand heben sollten, und alle Kinder in der Klasse haben die Hand gehoben. Alle bis auf einen, der sich während der ganzen Pause auf der Toilette versteckt hat. Was haltet ihr denn davon …? Von dieser ganzen Geschichte mit diesem ›Forellenfischen in Amerika‹?«

Wir sagten keinen Ton.

Der eine von uns, der so verrückt blinzelte, klapperte immer noch mit den Augendeckeln. Ich bin sicher, dass es sein schuldbewusstes Blinzeln war, das uns dauernd verriet. Wir hätten gleich am Anfang der sechsten Klasse sehen sollen, dass wir ihn losgeworden wären.

»Ihr seid es gewesen, stimmts?«, sagte der Rektor. »Hat einer von euch mit der Sache nichts zu tun? Wenn ja, dann soll er es sagen. Jetzt gleich.«

Wir waren alle still, nur der eine von uns blinzelte und blinzelte und blinzelte unentwegt. Ich konnte dieses gottverdammte Blinzeln plötzlich hören. Es klang ziemlich genauso wie ein Insekt, das das 1000000ste Ei unseres Schlamassels legte.

»Ihr seid es also alle gewesen. Warum denn? … Warum habt ihr denn den Erstklässlern ›Forellenfischen in Amerika‹ auf den Rücken geschrieben?«

Und dann begann der Rektor mit seiner berühmten $E=mc^2$-Nummer, mit der er uns Sechstklässler immer traktierte.

»Würde das nicht wirklich komisch aussehen«, sagte er, »wenn ich alle eure Lehrer hier hereinbitten würde, ihnen sagte, sie sollten sich umdrehen, und dann ein Stück Kreide nähme und ihnen ›Forellenfischen in Amerika‹ auf den Rücken schriebe?«

Wir kicherten nervös und wurden ein bisschen rot.

»Würde es euch denn gefallen, wenn eure Lehrer den ganzen Tag lang mit ›Forellenfischen in Amerika‹ auf dem Rücken herumliefen und euch was über Kuba beizubringen versuchten? Das würde doch ziemlich albern aussehen, was? Das würde euch doch nicht gefallen, oder? Das brächte doch nichts, stimmts?«

»Nein«, sagten wir wie ein griechischer Chor. Ein paar von uns sagten Nein, ein paar nickten, und dann war da noch dieses Blinzeln: klapper, klapper, klapper.

»Das hab ich mir schon gedacht«, sagte der Rektor. »Die Erstklässler schauen zu euch auf und bewundern euch, so wie die Lehrer zu mir aufschauen und mich bewundern. Es bringt einfach nichts, wenn man ihnen ›Forellenfischen in Amerika‹ auf den Rücken schreibt. Haben wir uns verstanden, meine Herren?«

Wir hatten uns verstanden.

So ging das jedes verdammte Mal.

Es klappte jedes Mal.

»Gut«, sagte er. »Ich betrachte ›Forellenfischen in Amerika‹ als beendet. Einverstanden?«

»Einverstanden.«

»Einverstanden?«

»Einverstanden.«

»Blinzel, blinzel. Klapper, klapper.«

Aber es war noch nicht ganz vorbei, weil es noch einige Zeit dauerte, bis ›Forellenfischen in Amerika‹ nicht mehr auf den Kleidern der Erstklässler stand. Am nächsten Tag war ein ansehnlicher Prozentsatz von »Forellenfischen in Amerika« verschwunden. Die Mütter schafften das, indem sie ihren Kindern einfach saubere Sachen anzogen, aber es gab auch noch viele Kinder, deren Mütter es einfach wegwischen wollten und die ihre Kinder am nächsten Tag in denselben Sachen in die Schule schickten, aber man konnte »Forellenfischen in Amerika« immer noch ganz schwach auf ihrem Rücken lesen. Aber nach ein paar Tagen verschwand »Forellenfischen in Amerika« vollständig, so wie es ihm von Anfang an bestimmt war, und eine Art Herbst senkte sich auf die erste Klasse.

FORELLENFISCHEN IN AMERIKA
MIT DEM FBI

L ieber Forellenfischen in Amerika,
als ich letzte Woche auf der unteren Market Street
zur Arbeit ging, sah ich in einem Schaufenster ein Plakat
mit den Bildern der Männer, hinter denen das FBI am
meisten her ist – Die zehn meistgesuchten Männer. Der
Text unter einem der Bilder war auf beiden Seiten um-
geschlagen, sodass man nicht alles lesen konnte. Auf
dem Bild sah man einen netten Kerl, mit frischem, glat-
tem Gesicht, Sommersprossen und krausem (rotem?)
Haar.

GESUCHT WEGEN:

RICHARD LAWRENCE MARQUETTE

Decknamen: Richard Lawrence Marquette, Richard
Lourence Marquette

Personenbeschreibung:

26, geboren am 12. Dez. 1934, Portland, Oregon

170 bis 180 Pfund

kräftig

hellbraun, kurz geschnitten

blau

Gesichtsfarbe: rötlich
Rasse: weiß
Nationalität: Amerikaner
Berufe: *karosseriearb*
                                vulkaniseur, s
                                vermessungs
nzeichen: 15 cm lange Bruchnarbe; Tätowierung
»Mom« in   *Kranzform auf*
echtem Unterarm
omplettes künstliches Gebiss oben, vielleicht auch unten.
                Berichten zufolge besucht er
s, und ist ein passionierter Forellenfischer.

(So sah der Text aus, der an beiden Seiten abgeschnitten war; mehr konnte man nicht herauskriegen, nicht einmal, weshalb Richard Lawrence Marquette gesucht wurde.)
Dein alter Kumpel
Pard

Lieber Pard,
dein Brief gibt mir die Erklärung dafür, warum ich letzte Woche zwei FBI-Agenten gesehen habe, die einen Forellenbach beobachteten. Sie beobachteten einen schmalen Weg, der zwischen den Bäumen herunterkam, dann um einen großen schwarzen Baumstumpf herumlief und zu einer tiefen Stelle im Bach führte. An der tiefen Stelle stiegen Forellen nach oben. Die FBI-Agenten beobachteten den Weg, die Bäume, den

schwarzen Baumstumpf, die tiefe Stelle und die Forellen, als seien das alles Löcher in einer Lochkarte, die gerade aus einem Computer gekommen war. Die Nachmittagssonne zog über den Himmel und veränderte alles, und mit der Sonne veränderten sich auch die FBI-Agenten. Das ist anscheinend ein Teil ihrer Ausbildung. Dein Freund

Trout Fishing in America

WORSEWICK

Worsewick Hot Springs war nichts Tolles. Jemand hatte den Bach mit Brettern gestaut. Das war alles. Die Bretter stauten den Bach gerade so viel, dass da oben eine Badewanne entstand, und der Bach floss über den Rand der Bretter wie eine Postkarte, die einer Einladung zum tausend Meilen entfernten Ozean folgte.

Wie ich schon gesagt habe: Worsewick war nichts Tolles, keiner der Orte, an die die feinen Leute gehen. Es gab keine Häuser in der Gegend. Wir sahen einen alten Schuh, der neben der Wanne lag.

Die heißen Quellen kamen einen Hügel herunter, und überall, wo sie strömten, sah man ihre helle orangefarbene Spur zwischen den Salbeibüschen. Die heißen Quellen strömten genau an der Badewanne in den Bach, und an dieser Stelle war es schön.

Wir parkten den Wagen auf dem Sandweg, gingen hinunter und zogen uns aus. Dann zogen wir das Baby aus, und dann summten die Bremsen um uns herum und machten sich an uns zu schaffen, bis wir im Wasser waren. Dann ließen sie uns in Ruhe.

Am Rand der Badewanne wuchs grüner Schleim, und tote Fische trieben zu Dutzenden in unserem Bad. Der Tod hatte ihre Körper mit etwas Weißem überzogen, das aussah wie Raureif auf Eisentüren. Ihre Augen waren groß und starr.

Die Fische hatten den Fehler begangen, den Bach zu weit hinunterzuschwimmen, und sie waren ins heiße Wasser geraten und hatten gesungen: »Wenn du dein Geld verlierst, dann lerne zu verlieren.«

Wir ließen uns treiben und lagen entspannt im Wasser. Der grüne Schleim und die toten Fische ließen sich auch treiben, lagen entspannt da und trieben um uns herum.

Wahrend ich da mit meinem Mädchen im heißen Wasser herumplätscherte, kam ich, wie man so sagt, auf Gedanken. Nach einer Weile drehte ich mich so im Wasser, dass das Baby meinen Steifen nicht sehen konnte.

Ich ging also immer tiefer und tiefer ins Wasser hinein wie ein Dinosaurier und ließ mich von dem grünen Schleim und den toten Fischen bedecken.

Mein Mädchen nahm das Baby aus dem Wasser, gab ihm die Flasche und legte es in den Wagen. Das Baby war müde. Es war wirklich an der Zeit, dass es ein bisschen schlief.

Mein Mädchen holte eine Decke aus dem Wagen und verhängte damit die Fenster, die zu den heißen Quellen hinausgingen. Sie legte die Decke aufs Autodach und beschwerte sie dann mit Steinen, damit sie nicht herunterrutschte. Ich erinnere mich noch daran, wie sie neben dem Auto stand.

Dann kam sie wieder zurück ins Wasser, und die Bremsen machten sich an ihr zu schaffen, und dann war ich dran. Nach einiger Zeit sagte sie: »Ich habe mein Pessar nicht dabei, und im Wasser nützt es sowieso nichts. Es ist wahrscheinlich besser, wenn du ihn nicht bis zum Schluss drinlässt. Was meinst du?«

Ich dachte darüber nach und sagte, es sei wohl besser so. Ich wollte sowieso vorläufig keine Kinder mehr. Der grüne Schleim und die toten Fische trieben im Wasser um uns herum.

Ich weiß noch, wie ein toter Fisch unter dem Hals meines Mädchens schwamm. Ich wartete darauf, dass er auf der anderen Seite wieder auftauchte, und er tauchte auch auf der anderen Seite wieder auf.

Worsewick war nichts Tolles.

Dann kam ich, und im letzten Moment zog ich ihn aus ihr raus – es war wie bei einem Flugzeug im Kino, das aus dem Sturzflug abgefangen wird und dicht über das Dach einer Schule gleitet.

Mein Samen floss ins Wasser, und da er nicht ans Licht gewöhnt war, wurde er augenblicklich zu einem milchigen, faserigen Zeug, das Fäden zog wie eine Sternschnuppe, und ich sah einen toten Fisch, der auf meinen Samen zutrieb und ihn in der Mitte durchbog. Die Augen des Fisches waren starr wie Eisen.

DER TRANSPORT VON FORELLENFISCHEN IN AMERIKA SHORTY ZU NELSON ALGREN

Forellenfischen in Amerika Shorty tauchte plötzlich letzten Herbst in San Francisco auf und zockelte in einem prächtigen verchromten Stahlrollstuhl durch die Gegend.

Er war ein beinloser, lauter, schon etwas älterer Säufer.

Er kam über North Beach wie ein Kapitel aus dem Alten Testament. Er war der Grund für den Zug der Vögel nach Süden. Sie müssen ja fortziehen. Er war das Erkalten der Erde; er war der scharfe Wind, der alles Angenehme vertreibt.

Er hielt immer Kinder auf der Straße auf und sagte zu ihnen: »Ich habe keine Beine. Die Forellen in Fort Lauderdale haben mir meine Beine abgehackt. Ihr Kinder habt Beine. Euch haben die Forellen die Beine nicht abgehackt. Schiebt mich in den Laden da drüben.«

Die Kinder, die Angst hatten und verlegen waren, schoben dann Forellenfischen in Amerika Shorty immer in den Laden. Es war immer ein Laden, in dem es süßen Wein gab, und Shorty kaufte immer eine Flasche Wein, ließ sich dann von den Kindern wieder auf die Straße hinausschieben, machte den Wein auf und fing da draußen auf der Straße an zu trinken, als sei er Winston Churchill.

Nachdem das einige Zeit so gegangen war, rannten die Kinder davon und versteckten sich, wenn sie Forellenfischen in Amerika Shorty kommen sahen.

»Ich habe ihn letzte Woche schon geschoben.«

»Ich hab ihn gestern geschoben.«

»Schnell, verstecken wir uns hinter den Mülltonnen.«

Und sie versteckten sich hinter den Mülltonnen, während Forellenfischen in Amerika Shorty in seinem Rollstuhl vorbeizockelte. Die Kinder hielten den Atem an, bis er weg war.

Forellenfischen in Amerika Shorty fuhr immer zu L'Italia hinunter, der italienischen Zeitung an der Ecke Stockton Street/Green Street in North Beach. Alle Italiener versammeln sich am Nachmittag vor der Zeitung, stehen einfach herum, lehnen sich an das Gebäude, reden und sterben in der Sonne.

Forellenfischen in Amerika Shorty fuhr mit seinem Rollstuhl immer mitten unter sie hinein, als seien sie ein Haufen Tauben, hielt eine Weinflasche in der Hand und fing an, in einer Art italienischem Kauderwelsch Kraftausdrücke auszustoßen.

Tra-la-la-la-la-la-Spa-ghet-tiii!

Ich weiß noch, wie Forellenfischen in Amerika Shorty auf dem Washington Square, genau vor der Statue Benjamin Franklins, ohnmächtig geworden ist. Er war mit dem Gesicht voran aus seinem Rollstuhl gekippt und lag einfach da, ohne sich zu rühren.

Schnarchte laut vor sich hin.

Über ihm erhob sich metallisch wie eine Uhr Benjamin Franklin, der seinen Hut in der Hand hielt.

Und davor lag Forellenfischen in Amerika Shorty auf dem Boden. Sein Gesicht lag platt wie ein Fächer auf dem Gras.

Eines Nachmittags unterhielt ich mich mit einem Freund, und wir kamen auf Forellenfischen in Amerika Shorty zu sprechen. Wir kamen zu dem Schluss, es sei das Beste, ihn mit ein paar Kartons Süßwein in eine Lattenkiste zu packen und ihn an Nelson Algren zu schicken.

Nelson Algren schreibt immer über Railroad Shorty, einen Helden aus *Neon Wilderness* (der Grund für »Das Gesicht auf dem Fußboden der Bar«) und den Zerstörer von Dove Linkhorn in *A Walk on the Wild Side*.

Wir fanden, Nelson Algren wäre der ideale Aufseher für Forellenfischen in Amerika Shorty. Vielleicht konnte man ein Museum aufmachen. Forellenfischen in Amerika Shorty könnte dann das erste Stück einer wichtigen Sammlung sein.

Wir würden ihn in eine Kiste mit einem großen Aufkleber nageln.

Inhalt:
Forellenfischen in Amerika Shorty
Beruf:
Säufer
Adresse:
c/o Nelson Algren Chicago

Und die Kiste wäre mit Aufklebern übersät, auf denen Warnhinweise standen: GLAS/VORSICHT − ZERBRECHLICH/ GLAS/NICHT VERSCHÜTTEN/OBEN/DIESEN SÄUFER WIE EINEN ENGEL BEHANDELN.

Und Forellenfischen in Amerika Shorty würde knurrend, kotzend und fluchend durch Amerika reisen, von San Francisco nach Chicago.

Und Forellenfischen in Amerika Shorty würde sich die ganze Reise über fragen, was das alles sollte, und er würde rufen: »Wo zum Teufel bin ich denn eigentlich? Es ist so finster, dass ich die Flasche nicht aufmachen kann! Wer hat denn das Licht ausgeschaltet? Blödes Motel ist das hier! Ich muss pinkeln! Wo ist denn mein Schlüssel?«

Es war eine gute Idee.

Ein paar Tage nachdem wir unsere Pläne für Forellenfischen in Amerika Shorty gemacht hatten ging ein schwerer Regen über San Francisco nieder. Die Straßen füllten sich im Regen mit Wasser wie die Lungen eines Ertrinkenden, und ich lief zur Arbeit über Kreuzungen, an denen alle Gullys überschwemmt waren.

Ich sah Forellenfischen in Amerika Shorty bewusstlos hinter dem Schaufenster eines philippinischen Waschsalons sitzen. Er saß in seinem Rollstuhl, und seine geschlossenen Augen starrten aus dem Fenster.

Auf seinem Gesicht lag ein friedlicher Ausdruck. Er wirkte fast menschlich. Er war wahrscheinlich eingeschlafen, als er sein Hirn in einer der Maschinen waschen ließ.

Wochen vergingen, und wir kamen nie dazu, Forel-

lenfischen in Amerika Shorty an Nelson Algren abzu-
schicken. Wir schoben es immer wieder auf. Es kam
immer etwas dazwischen. Dann hatten wir unsere große
Chance verspielt, weil Forellenfischen in Amerika Shorty
kurz darauf verschwand.

Sie haben ihn wahrscheinlich eines Morgens auf der
Straße aufgefegt und diesen üblen Furz zur Strafe ins
Gefängnis gesteckt, oder sie haben ihn in eine Klaps-
mühle gebracht, damit er ein bisschen austrocknet.

Vielleicht ist Forellenfischen in Amerika Shorty auch
bloß in seinem Rollstuhl auf dem Freeway nach San
José hinuntergezockelt, immer schön langsam mit einer
Geschwindigkeit von einer viertel Meile pro Stunde.

Ich weiß nicht, was mit ihm passiert ist. Aber wenn
er eines Tages wieder nach San Francisco zurückkommt
und stirbt, dann weiß ich, was zu tun ist.

Forellenfischen in Amerika Shorty muss direkt neben
der Benjamin-Franklin-Statue auf dem Washington
Square beerdigt werden. Wir müssen seinen Rollstuhl
an einem riesigen grauen Stein verankern und auf dem
Stein die Inschrift anbringen:

Forellenfischen in Amerika Shorty
Waschen 20 Cent
Trocknen 10 Cent
In alle Ewigkeit

DER BÜRGERMEISTER
DES ZWANZIGSTEN JAHRHUNDERTS

London. Am 1. Dezember 1887; am 7. Juli, 8. August, 30. September, an einem Tag im Monat Oktober und am 9. November 1888; am 1. Juni, 17. Juli und am 10. September 1889 …

Die Verkleidung war meisterhaft.

Niemand hat ihn je gesehen, außer den Opfern natürlich. Sie haben ihn gesehen.

Wer hätte das erwartet?

Er war verkleidet als Forellenfischen in Amerika. Er trug Berge an den Ellenbogen und Blauhäher auf dem Kragen seines Hemds. Tiefes Wasser floss durch die Lilien, die sich um seine Schuhbänder schlangen. Ein Ochsenfrosch quakte unaufhörlich in seiner Uhrentasche, und die Luft war erfüllt vom süßen Geruch reifer Brombeerbüsche.

Er trug Forellenfischen in Amerika als Kostüm, um sich vor der Welt zu verbergen, während er in der Nacht seine Mordtaten vollbrachte.

Wer hätte das erwartet?

Niemand!

Scotland Yard?

(Pah!)

Sie waren immer hundert Meilen entfernt, trugen Sherlock-Holmes-Hüte und schnüffelten im Staub herum.

Niemand ist je dahintergekommen.

Oh, er ist jetzt der Bürgermeister des zwanzigsten Jahrhunderts! Ein Rasiermesser, ein Stilett und eine Ukulele sind seine Lieblingsinstrumente.

Es musste natürlich die Ukulele sein. Niemand sonst wäre auf den Einfall gekommen, jemandem eine Ukulele wie einen Pflug durch die Eingeweide zu ziehen.

ÜBER DAS PARADIES

Was den Stuhlgang betrifft, so umgeht dein Schreiben, das ja in anderer Beziehung sehr vollständig ist, diesen Gegenstand, obwohl du dich kurz mit dem Vorgang des Harnlassens auf dem Land beschäftigst. Ich betrachte das als eine große Nachlässigkeit deinerseits, da ich ja gewiss bin, dass du um die unendliche Faszination weißt, die das Scheißen beim Zelten auf mich ausübt. Bitte teile mir schnell in deinem nächsten Brief Einzelheiten mit. Splittergraben, Tropenhelm, Steinschleuder, Scheißhaus und, falls zutreffend, Anzahl der Löcher und Abstand von Arsch zu Ungeziefer und Ablagerungen früherer Benutzer.« (Aus dem Brief eines Freundes)

Schafe. Alles am Paradise Creek roch nach Schafen, aber es waren keine Schafe zu sehen. Ich fischte von der Ranger-Station flussabwärts bis zu der Stelle, an der ein riesiges Denkmal für den Naturschutzverein stand.

Es war eine fast vier Meter hohe Marmorstatue eines jungen Mannes, der an einem kalten Morgen zu einem

Scheißhaus hinausgeht, das den klassischen Halbmond über der Tür hat.

Die 30er Jahre werden nie wiederkommen, aber seine Schuhe waren feucht vom Tau. Marmortau, der immer dableiben wird.

Ich ging in den Sumpf hinaus. Der Bach lag da draußen weich und breit im Gras wie ein Bierbauch. Es war nicht einfach, da draußen zu fischen. Sommerenten flogen plötzlich hoch und flüchteten. Es waren große Wildenten mit ihren malzbierbraunen Sprösslingen.

Ich glaube, ich sah eine Waldschnepfe. Sie hatte einen langen Schnabel, der so aussah, als hätte jemand einen Hydranten in einen Bleistiftspitzer gesteckt, ihn dann einem Vogel angeklebt und den Vogel mit diesem Ding im Gesicht an mir vorbeifliegen lassen, nur damit ich mich darüber wunderte.

Ich arbeitete mich langsam aus dem Sumpf heraus, bis der Bach nicht mehr schlaff und bierbäuchig, sondern fest und muskulös war, der stärkste Paradise Creek der Welt. Dann war ich nahe genug heran, dass ich die Schafe sehen konnte. Es waren Hunderte von ihnen.

Alles roch nach Schafen. Der Löwenzahn war plötzlich mehr Schaf als Blume, und jede Blüte ließ einen an Wolle denken, und man hörte eine Glocke aus dem Gelb klingen. Aber das, was am meisten nach Schaf roch, war die Sonne. Wenn die Sonne hinter einer Wolke verschwand, dann nahm der Schafgeruch ab, so als hätte sich jemand auf den Hörapparat eines alten Mannes gestellt, und wenn die Sonne wieder zurückkam, dann war der Schafgeruch ganz laut und mächtig wie ein Donnerschlag in einer Kaffeetasse.

An diesem Nachmittag durchquerten die Schafe direkt vor meinem Angelhaken den Bach. Sie waren so nah, dass ihre Schatten auf meinen Köder fielen. Ich fischte praktisch Forellen in ihren Arschlöchern.

DAS KABINETT DES DR. CALIGARI

Es gab einmal eine Zeit, da waren Wasserinsekten mein Spezialgebiet. Ich erinnerte mich an einen Frühling in meiner Kindheit, als ich die winterlangen Schlammpfützen des Pazifischen Nordwestens studierte. Ich hatte ein Stipendium.

Meine Bücher waren Sears-Roebuck-Stiefel. Sie hatten grüne Gummiseiten. Die meisten meiner Klassenzimmer lagen in Ufernähe, am Rand der Schlammpfützen. Da passierten die wichtigen Sachen, da passierten die guten Sachen. Manchmal machte ich Experimente und legte Bretter in die Schlammpfützen, damit ich an den tieferen Stellen ins Wasser schauen konnte, aber das war nicht halb so gut wie das Wasser am Rand.

Die Wasserinsekten waren so klein, dass ich praktisch meinen Blick wie eine ertrunkene Orange in die Schlammpfütze tauchen musste. Obst, das draußen auf dem Wasser treibt, Äpfel und Birnen in Flüssen und Seen haben etwas Fantastisches. In der ersten Minute sah ich gar nichts, und dann kamen die Wasserinsekten langsam zum Vorschein.

Ich sah ein schwarzes Insekt mit großen Zähnen hinter einem weißen herschwimmen, das eine Tasche mit Zeitungen über der Schulter trug, und ich sah zwei weiße, die neben dem Fenster Karten spielten, und noch ein weißes, das eine Mundharmonika im Mund hatte und mich anglotzte.

Ich war ein richtiger Forscher, bis die Schlammpfützen austrockneten, und dann pflückte ich für zweieinhalb Cent pro Pfund Kirschen in einer Plantage, die neben einer langen, staubigen, heißen Straße lag.

Die Kirschenchefin war eine nicht mehr ganz junge Frau, die aus Oklahoma stammte. Sie trug einen komischen Overall, hieß Rebel Smith und war mit »Pretty Boy« Floyd unten in Oklahoma befreundet. *»Ich erinnere mich an einen Nachmittag, als ›Pretty Boy‹ in seinem Wagen ankam. Ich lief auf die vordere Veranda hinaus.«*

Rebel Smith rauchte dauernd Zigaretten, zeigte den Leuten, wie man Kirschen pflückt, teilte ihnen Bäume zu und schrieb alles in ein kleines Heft, das sie in der Hemdtasche trug. Sie rauchte immer nur eine halbe Zigarette und warf dann die andere Hälfte auf den Boden.

An den ersten paar Tagen des Kirschpflückens sah ich immer ihre halb gerauchten Zigaretten überall auf der Plantage herumliegen, neben dem Klo, um die Bäume herum und in den Reihen zwischen den Bäumen.

Dann stellte sie ein halbes Dutzend Gammler zum Kirschpflücken ein, weil das Pflücken zu langsam ging. Rebel las die Gammler immer jeden Morgen in einem ziemlich heruntergekommenen Stadtviertel auf und fuhr sie in einem verrosteten alten Laster zur Plantage hinaus. Es waren immer in halbes Dutzend Gammler, aber manchmal hatten sie andere Gesichter als noch am Tag zuvor.

Seit dem Tag, an dem sie zum Kirschpflücken gekommen waren, sah ich nie wieder irgendwelche von Rebels halb gerauchten Zigaretten herumliegen. Sie waren verschwunden, bevor sie noch den Boden berührten. Zurückblickend könnte man sagen, dass Rebel Smith das Gegenteil von Schlammpfützen war, aber dann könnte man es auch wieder ganz anders sehen.

DIE SALT-CREEK-KOJOTEN

Hoch oben, einsam und standhaft – es ist der Geruch der Schafe unten im Tal, dem sie das alles verdanken. Ich habe hier den ganzen Nachmittag lang im Regen dem Geheul der Kojoten oben am Salt Creek zugehört.

Sie haben das alles dem Geruch der Schafe zu verdanken, die im Tal grasen. Ihre Stimmen werden zu Wasser und kommen an den Sommerhäusern vorbei den Canyon herunter. Ihre Stimmen sind ein Bach, der über die Knochen lebender und toter Schafe hinweg den Berg herunterströmt.

Oh, es gibt Kojoten oben am Salt Creek, steht auf dem Schild am Weg. Außerdem steht da noch: Vorsicht vor Zyanidkapseln, die am Bach gegen Kojoten ausgelegt worden sind. Nicht aufheben und essen, Kojoten ausgenommen. Lebensgefahr. Nicht berühren.

Dann steht auf dem Schild dasselbe noch einmal in Spanisch. ¡Ah! Hay coyotes en Salt Creek, tambien. Cuidado con las capsulas de cianuro: matan. No las coma; a menos que sea vd. un coyote. Matan! No las toque.

Auf Russisch steht es nicht da.

Ich fragte einen alten Knaben in einer Bar nach diesen Zyanidkapseln oben am Salt Creek, und er erzählte mir, dass sie ungefähr so wie eine Pistole funktionieren. Man streicht einen Geruchsstoff, den Kojoten mögen, auf den Abzug (wahrscheinlich den Geruch einer Kojotenmöse), und dann kommt ein Kojote vorbei, schnüffelt einmal kräftig daran, reibt sich kurz die Schnauze an der Kapsel und wumm! Das wars dann, Bruder.

Ich ging zum Fischen an den Salt Creek hinauf und fing eine hübsche kleine Dolly-Varden-Forelle, die schlank und gefleckt war wie eine Schlange, die man eigentlich nur in einem Juwelierladen erwarten würde, aber schon bald konnte ich nur noch an die Gaskammer in San Quentin denken.

Oh, Caryl Chessman und Alexander Robillard Vistas! Eure Namen klingen wie die Namen von Wohnsiedlungen mit geräumigen Häusern, die überall Teppichböden haben und sanitäre Anlagen, die alle Vorstellungen übertreffen.

Da oben am Salt Creek ging mir auf, was die Todesstrafe ist und was man machen sollte. Die Todesstrafe ist eines von vielen Staatsgeschäften, ein Staatsakt, und wenn der Zug abgefahren ist, stimmt niemand ein Lied an, und die Schienen vibrieren nicht. Man sollte den Kopf eines der Kojoten nehmen, die von einem dieser gottverdammten Zyaniddinger oben am Salt Creek umgebracht worden sind, und man sollte den Kopf aushöhlen, ihn in der Sonne trocknen und dann eine Krone daraus machen, die oben einen Kranz aus Zähnen trägt, von denen ein hübsches grünliches Licht ausgeht.

Dann müssten die Zeugen und die Zeitungsleute und die Gaskammerlakaien dabei zuschauen, wie ein König mit einer Kojotenkrone vor ihnen stirbt, während das Gas in der Kammer steigt wie ein feuchter Nebel, der über dem Salt Creek den Berg heruntertreibt. Es regnet jetzt hier schon seit zwei Tagen, und der Regen dringt durch die Bäume, und das Herz hört zu schlagen auf.

DIE BUCKELFORELLE

Der Bach war durch kleine grüne Bäume, die zu dicht beieinanderstanden, schmal geworden. Der Bach war wie 12 845 Telefonzellen, die in einer Reihe hintereinanderstanden und die hohe viktorianische Decken hatten; die Türen waren weg, und die Rückseiten der Zellen waren herausgebrochen worden.

Manchmal, wenn ich dort zum Fischen ging, kam ich mir wie ein Fernsprechmechaniker vor, obwohl ich nicht so aussah. Ich war nur ein Kind, das sein Angelzeug durch die Gegend schleppte, aber auf eine seltsame Art hielt ich die Telefone in Gang, indem ich dort hinging und ein paar Forellen fing. Ich war ein nützliches Mitglied der Gesellschaft.

Es war angenehme Arbeit, aber manchmal wurde mir dabei mulmig zumute. Es konnte da drinnen von einem Augenblick auf den anderen dunkel werden, wenn Wolken am Himmel waren und sich vor die Sonne schoben. Dann war es fast so dunkel, dass man zum Fischen Kerzen gebraucht hätte und Leuchtpilze, damit man schneller reagieren konnte.

Einmal, als ich da drin war, fing es an zu regnen. Es war dunkel, heiß und dunstig. Ich machte natürlich Überstunden. Das spricht für mich. Ich fing sieben Forellen in einer Viertelstunde.

Die Forellen in diesen Telefonzellen da oben waren nette Burschen. Es gab eine Menge junger Halsabschneiderforellen im Bach, die fünfzehn bis fünfundzwanzig Zentimeter lang waren; genau die richtige Pfannengröße für Ortsgespräche. Manchmal sah man auch große Burschen, die fast dreißig Zentimeter lang waren – für die Ferngespräche.

Ich habe Halsabschneiderforellen immer gemocht. Sie setzen sich ganz schön zur Wehr, ziehen nach unten und legen dann eine Weitsprungnummer ein. Unten an ihrem Hals tragen sie das orangerote Banner von Jack the Ripper.

Es gab auch noch ein paar sture Regenbogenforellen im Bach, von denen man selten etwas hörte, aber es gab sie wirklich – genau wie staatlich geprüfte Steuerberater. Ab und zu fing ich eine. Sie waren dick und stämmig, fast so breit, wie sie lang waren. Ich habe auch schon öfter mal den Ausdruck »Prälatforellen« für diese Forellenart gehört.

Wenn ich zu dem Bach hinaustrampte, dauerte es immer ungefähr eine Stunde. In der Nähe war ein Fluss. Aber mit dem Fluss war nicht viel los. Ich schob meine Stechkarte jedenfalls immer am Bach rein. Dann legte ich sie über der Stechuhr ab, bis es Zeit zum Heimgehen war und ich sie wieder reinsteckte.

Ich erinnere mich noch an den Nachmittag, an dem ich die Buckelforelle fing.

Ein Farmer nahm mich in seinem Laster mit. Er ließ mich an einer Ampel neben einem Bohnenfeld einsteigen und sagte die ganze Fahrt über kein Wort.

Dass er anhielt, mich mitnahm und mit mir die Straße hinunterfuhr, war für ihn eine so automatische Angelegenheit, als machte er das Scheunentor zu; man brauchte kein Wort darüber zu verlieren, aber ich bewegte mich trotzdem mit fünfunddreißig Meilen in der Stunde die Straße hinunter, ließ Häuser und Bäume an mir vorbeiziehen, und mein Blick blieb an Hühnern und Briefkästen hängen und ließ sie wieder los.

Dann sah ich eine Zeit lang keine Häuser mehr. »Hier muss ich raus«, sagte ich.

Der Farmer nickte. Der Laster hielt an.

»Vielen Dank«, sagte ich.

Der Farmer verdarb sich sein Vorsingen für die Metropolitan Opera nicht durch irgendeine überflüssige Äußerung. Er nickte einfach noch einmal. Der Laster fuhr wieder an. Der Farmer war der echte klassische wortkarge Farmer.

Kurz darauf schob ich am Bach meine Stechkarte rein. Ich legte sie über der Stechuhr ab und ging in den langen Tunnel aus Telefonzellen.

Ich watete ungefähr dreiundsiebzig Telefonzellen weit hinein. Ich fing zwei Forellen in einem kleinen Loch, das aussah wie ein Wagenrad. Es war eines meiner Lieblingslöcher und immer gut für ein oder zwei Forellen.

Wenn ich an das Loch denke, dann stelle ich es mir immer als eine Art Bleistiftspitzer vor. Ich steckte meine Reflexe hinein, und sie kamen gut gespitzt wieder heraus. Ich habe in einem Zeitraum von ein paar Jahren bestimmt fünfzig Forellen in dem Loch gefangen, obwohl es nur so groß war wie ein Wagenrad.

Ich fischte mit Lachseiern und benutzte einen 14er Eierhaken und einen etwas größeren Endring. Die beiden Forellen lagen in meinem Korb und waren vollständig mit grünem Farn bedeckt, Farn, der von den feuchten Wänden der Telefonzellen weich und zart geworden war.

Die nächste gute Stelle zum Angeln lag fünfundvierzig Telefonzellen weiter im Telefontunnel. Die Stelle lag am Ende einer Kieselsteinrinne, die vor lauter Algen ganz braun und rutschig war. Die Kieselsteinrinne senkte sich nach unten und verschwand an einer kleinen Stufe, an der ein paar große weiße Steine lagen.

Einer der Steine war irgendwie seltsam. Es war ein flacher weißer Stein. Er lag ein Stück von den anderen Steinen entfernt und erinnerte mich an eine weiße Katze, die ich als Kind einmal gesehen hatte.

Die Katze war von einem hohen Holzsteg gefallen oder hinuntergeworfen worden, der an einem Hügel in Tacoma, Washington, entlanglief. Sie lag auf einem Parkplatz unterhalb des Stegs.

Die Katze war durch den Sturz nicht gerade dicker geworden, und dann hatten ein paar Leute auch noch ihre Autos auf ihr geparkt. Natürlich ist das schon lange Zeit her, und Autos sahen damals anders aus als heute.

Solche Autos sieht man heutzutage kaum mehr. Sie sind jetzt alte Autos. Und sie müssen vom Highway runterfahren, weil sie nicht mehr mithalten können.

Dieser flache weiße Stein, der ein Stück von den anderen Steinen entfernt war, erinnerte mich an die tote Katze. Es kam mir so vor, als sei sie hierher zum Bach gekommen und habe sich zwischen 12 845 Telefonzellen für immer zur Ruhe gelegt.

Ich warf meine Angel mit einem Lachsei aus und ließ den Köder über den Felsen gleiten, und wumm! Gut gezielt! Ich hatte einen Fisch an der Leine, und er zog fest flussabwärts, drückte zur Seite, blieb tief unten und wehrte sich aus Leibeskräften, verbissen und unnachgiebig, und dann sprang er, und eine Sekunde lang dachte ich, er sei ein Frosch. Ich hatte so einen Fisch noch nie gesehen.

Verdammt noch mal! Das war ein Ding!

Der Fisch zog wieder tief nach unten, und ich spürte seine Lebenskraft, die wie ein Schrei durch die Leine in meine Hand schoss. Die Leine war ein einziger Schrei. Es war, als käme eine Krankenwagensirene direkt auf mich zu, ein blitzendes Rotlicht, und dann entfernte sie sich wieder, stieg in die Luft und wurde eine Luftschutzsirene.

Der Fisch sprang noch ein paar Mal, und er sah immer noch wie ein Frosch aus, aber er hatte keine Beine. Dann wurde er müde und schlaff, und ich zog ihn hoch, zog ihn spritzend über die Oberfläche des Bachs und hob ihn in mein Netz.

Der Fisch war eine dreißig Zentimeter lange Regenbogenforelle mit einem riesigen Buckel auf dem Rücken. Eine Buckelforelle. Die erste, die ich in meinem Leben gesehen hatte. Der Buckel stammte wahrscheinlich von einer Verletzung, die sich die Forelle zugezogen hatte, als sie noch jung war. Vielleicht ist ein Pferd auf sie getreten oder ein Baum ist in einem Sturm umgestürzt, oder ihre Mutter hat an einer Stelle gelaicht, an der eine Brücke gebaut wurde.

Es war etwas eigenartig Schönes an dieser Forelle. Ich hätte gerne eine Totenmaske von ihr genommen. Aber nicht von ihrem Körper, sondern von ihrer Kraft, von ihrer Energie. Ich weiß nicht, ob es jemanden gibt, der ihren Körper verstehen könnte. Ich legte sie in meinen Korb.

Später am Nachmittag, als die Telefonzellen schon langsam dunkler wurden, steckte ich meine Lochkarte wieder rein und machte mich auf den Heimweg. Ich aß die Buckelforelle zum Abendessen. Mit Maismehl paniert und in Butter gebraten schmeckte ihr Buckel so süß wie die Küsse Esmeraldas.

AUF WEISUNG TEDDY ROOSEVELTS

*Der Challis-Nationalpark wurde am 1. Juli 1908 auf Weisung
Präsident Theodore Roosevelts angelegt ... Vor zwanzig Mil-
lionen Jahren, sagen uns die Wissenschaftler, seien dreihufige
Pferde, Kamele und wahrscheinlich auch Nashörner in diesem
Teil des Landes sehr zahlreich vorgekommen.*

Das hier ist ein Teil meiner persönlichen Geschichte
im Challis-Nationalpark. Wir kamen über Lowman hierher, nachdem wir einige Zeit in McCall bei
Verwandten meiner Freundin, die Mormonen waren,
verbracht hatten. Dort hatten wir etwas über Spirit
Prison erfahren und konnten den Duck Lake nicht finden.

Ich trug das Baby den Berg hinauf. Auf dem Schild
stand 1½ Meilen. Ein grüner Sportwagen parkte am
Straßenrand. Wir gingen den Weg hinauf, bis wir einen
Mann mit einer grünen Sportwagenmütze trafen und
ein Mädchen, das ein leichtes Sommerkleid trug.

Sie hatte sich das Kleid über die Knie hochgezogen,
und als sie uns kommen sah, zog sie das Kleid wieder

runter. Der Mann hatte eine Flasche Wein in seiner Gesäßtasche. Es war eine längliche grüne Flasche. Sie sah
komisch aus, wie sie da so aus seiner Gesäßtasche he-
rausstand.

»Wie weit ist es denn bis Spirit Prison?«, fragte ich.

»Sie haben schon ungefähr den halben Weg hinter
sich«, sagte er.

Das Mädchen lächelte. Sie hatte blondes Haar, und die
beiden setzten ihren Weg den Berg hinunter fort.
Schwupp, schwupp, schwupp verschwanden sie wie zwei
hübsche Bällchen zwischen den Bäumen und Felsen.

Ich setzte das Baby auf einem Schneefleck in einer
Mulde hinter einem großen Baumstumpf ab. Es spielte
im Schnee und machte sich dann daran, ihn zu essen.
Mir fiel eine Stelle aus einem Buch von William O.
Douglas, Richter am Obersten Gerichtshof, ein. ESSEN
SIE KEINEN SCHNEE. ER TUT IHNEN NICHT GUT, UND SIE
BEKOMMEN MAGENSCHMERZEN.

»Hör auf, den Schnee zu essen!«, sagte ich zu dem
Baby.

Ich setzte mir das Baby auf die Schultern und zog
weiter bergauf in Richtung Spirit Prison. Jeder, der kein
Mormone ist, geht dorthin, um zu sterben. Alle Katho-
liken, Buddhisten, Moslems, Juden, Baptisten, Metho-
disten und alle internationalen Juwelendiebe. Jeder, der
kein Mormone ist, geht in den Seelenknast.

Auf dem Schild stand 1½ Meilen. Der Weg war kaum
zu verfehlen, und dann hörte er plötzlich auf. Er verschwand kurz vor einem Bach. Ich suchte ihn überall.

Ich suchte an beiden Seiten des Bachs nach ihm, aber der Weg war einfach verschwunden.

Möglicherweise hatte der Umstand, dass wir noch lebten, etwas damit zu tun. Schwer zu sagen.

Wir kehrten um und stiegen den Berg wieder hinunter. Das Baby weinte, als es den Schnee wieder sah, und streckte die Hände danach aus. Wir hatten keine Zeit, stehen zu bleiben. Es wurde schon spät.

Wir stiegen in unser Auto und fuhren zurück nach McCall. An diesem Abend sprachen wir über den Kommunismus. Das Mormonenmädchen las uns aus einem Buch mit dem Titel *Der nackte Kommunist* vor, das von einem ehemaligen Polizeichef aus Salt Lake City verfasst worden war.

Meine Freundin fragte das Mädchen, ob es glaube, dass das Buch ein Ergebnis göttlicher Eingebung sei, ob sie es für einen religiösen Text halte.

Das Mädchen sagte: »Nein.«

Ich kaufte mir ein Paar Tennisschuhe und drei Paar Socken in einem Geschäft in McCall. Bei den Socken war ein Garantieschein. Ich wollte ihn aufheben, aber ich steckte ihn in die Tasche und verlor ihn. Auf dem Garantieschein stand, dass ich neue Socken bekäme, wenn innerhalb eines Zeitraumes von drei Monaten irgendetwas mit den Socken geschähe. Ich fand das eine gute Idee.

Ich musste nur die alten Socken waschen und sie zusammen mit dem Garantieschein einschicken. Und prompt würden neue Socken auf den Weg gebracht werden, die mit meinem Namen auf dem Päckchen durch Amerika reisten. Ich musste dann lediglich noch das Päckchen aufmachen, die neuen Socken herausnehmen und sie anziehen. Sie würden sich an meinen Füßen prima ausnehmen.

Wenn ich doch bloß den Garantieschein nicht verloren hätte. Es war wirklich schade. Ich musste mich mit der Tatsache abfinden, dass neue Socken das Familienerbe nicht vergrößern würden. Das war jetzt, nach dem Verlust des Garantiescheins, klar. Alle künftigen Generationen mussten sehen, wie sie ohne neue Socken zurechtkamen.

Wir fuhren am nächsten Tag aus McCall weg, einen Tag nachdem ich die Sockengarantie verloren hatte, und folgten dem schlammigen Wasser des nördlichen Nebenarms des Payette Rivers flussabwärts und dem klaren Wasser des südlichen Nebenarms flussaufwärts.

Wir hielten in Lowman an, tranken Erdbeer-Milchshake und fuhren dann den Clear Creek entlang wieder in die Berge zurück und über den Pass zum Bear Creek.

Am Bear Creek entlang waren Schilder an die Bäume genagelt, auf denen stand: WER IN DIESEM BACH FISCHT, BEKOMMT VON UNS EINS ÜBER DEN SCHÄDEL! Ich wollte keins über den Schädel bekommen, also ließ ich mein Angelzeug gleich im Wagen.

Wir sahen eine Schafherde. Das Baby macht immer ein bestimmtes Geräusch, wenn es Tiere sieht, die einen Pelz haben. Es macht dieses Geräusch auch, wenn es seine Mutter und mich nackt sieht. Es machte also jetzt

dieses Geräusch, und wir fuhren wieder aus der Schafherde hinaus, so wie ein Flugzeug aus den Wolken fliegt.

Fünf Meilen nach diesem Geräusch fuhren wir in den
Challis-Nationalpark. Wir fuhren den Calley Creek
entlang und sahen zum ersten Mal die Sawtooth Mountains. Der Himmel verzog sich, und wir dachten, es
würde regnen.

»Sieht aus, als würde es in Stanley regnen«, sagte ich,
obwohl ich noch nie in Stanley gewesen war. Es ist leicht,
etwas über Stanley zu sagen, wenn man noch nie da gewesen ist. Wir sahen die Straße zum Bulltrout Lake. Die
Straße sah gut aus. Als wir in Stanley ankamen, waren die
Straßen weiß und trocken wie nach einem heftigen Zu-
sammenstoß zwischen einem Friedhof und einem Laster
voller Mehlsäcke.

Wir hielten an einem Laden in Stanley. Ich kaufte
einen Schokoladenriegel und erkundigte mich danach,
ob man auf Kuba gut Forellen fischen könne. Die Frau
in dem Laden sagte: »Für mich gehören Sie aufgehängt,
Sie Kommunistenschwein.« Ich bekam einen Kassen-
zettel für den Schokoladenriegel, damit ich ihn von der
Steuer absetzen konnte.

Der gute alte Zehn-Cent-Steuernachlass.

Ich erfuhr in dem Laden nichts übers Fischen. Die
Leute waren schrecklich nervös, besonders ein junger
Mann, der Overalls zusammenlegte. Er musste noch
ungefähr hundert Overalls zusammenlegen, und er war
ganz schön nervös.

Wir gingen in ein Restaurant, und ich aß einen Hamburger, meine Freundin einen Cheeseburger, und das Baby sauste im Kreis herum wie eine Fledermaus auf der Weltausstellung.

In dem Lokal arbeitete ein Mädchen, das dreizehn oder vierzehn Jahre alt war, aber vielleicht war sie auch erst zehn. Sie hatte sich die Lippen angestrichen, sprach sehr laut und machte den Eindruck, als habe sie ziemlich viel für Jungs übrig. Es machte ihr offensichtlich einen Mordsspaß, die Veranda des Restaurants zu fegen.

Sie kam herein und tat ein bisschen mit dem Baby herum. Sie war sehr nett mit dem Kind. Ihre Stimme wurde leise, und sie sprach ganz sanft mit dem Baby. Sie erzählte uns, dass ihr Vater einen Herzanfall gehabt habe und immer noch im Bett liege. »Er kann noch nicht aufstehen und rumlaufen«, sagte sie.

Wir ließen uns noch Kaffee nachschenken, und ich dachte über die Mormonen nach. Wir hatten am Morgen bei ihnen Kaffee getrunken und uns dann von ihnen verabschiedet.

Der Geruch von Kaffee hatte das Haus durchzogen wie ein Spinnennetz. Es war kein angenehmer Geruch gewesen. Es war kein Geruch, der zur Meditation einlud, zu Gedanken an Tempeldienst in Salt Lake City und an tote Verwandte, die man in uralten Papieren in Illinois und Deutschland entdecken konnte. Und dann zu neuen Gedanken an Tempeldienst.

Die Mormonin erzählte uns, dass sie am Tag ihrer Hochzeit kurz vor der Trauungszeremonie im Tempel in Salt Lake City von einer Mücke ins Handgelenk ge-

stochen worden war und das Handgelenk angeschwollen und ganz schrecklich dick geworden sei. Sogar ein
Blinder hätte es durch den Spitzenbesatz ihres Kleides
sehen können. Es sei ihr sehr peinlich gewesen.

Sie erzählte uns, dass sie von den Stichen der Mücken
in Salt Lake City immer Schwellungen bekam. Letztes
Jahr, erzählte sie, sei sie in Salt Lake City gewesen und
habe für einen toten Verwandten Tempeldienst verrich-
tet, als eine Mücke sie gestochen habe und ihr ganzer
Körper angeschwollen sei. »Es war mir ja so peinlich«,
sagte sie uns. »Ich war dick und rund wie ein Luft-
ballon.«

Wir tranken unseren Kaffee aus und gingen. Kein
einziger Regentropfen war in Stanley gefallen. Es war
ungefähr eine Stunde vor Sonnenuntergang.

Wir fuhren zum Big Redfish Lake hinauf, der ungefähr vier Meilen von Stanley entfernt ist, und schauten uns um. Das Gebiet um den Big Redfish Lake ist für
die Camper in Idaho, was der Forest-Lawn-Friedhof für
die reichen Leichen in Kalifornien ist. Man findet an
beiden Orten ein Maximum an Komfort. Eine Menge
Leute campten da oben, und einige sahen so aus, als
hätten sie schon sehr lange da gecampt.

Wir fanden, dass wir noch zu jung waren, um am Big
Redfish Lake zu zelten, und außerdem verlangten sie
fünfzig Cent am Tag und drei Dollar für die Woche wie
in einem vergammelten Hotel, und es waren auch einfach zu viele Leute da. Es standen zu viele Wohnmobile
und Anhänger in der Halle herum. Wir schafften es

nicht einmal bis zum Fahrstuhl, weil sich eine Familie aus New York genau an der Stelle in einem Zehn-Zimmer-Wohnwagen niedergelassen hatte.

Drei Kinder kamen vorbei, die Weinschorle tranken und eine alte Oma an den Beinen hinter sich herzogen. Die Oma hatte ihre steifen Beine ausgestreckt, und ihr Hintern bumste immer wieder auf den Teppich. Die Kinder waren ziemlich betrunken, und die alte Oma war auch nicht mehr allzu nüchtern und rief irgendwelche Sprüche in die Gegend: »Der Bürgerkrieg soll wiederkommen, ich bin bereit zum Vögeln!«

Wir fuhren zum Little Redfish Lake hinunter. Die Campingplätze da unten waren fast leer. Oben am Big Redfish Lake waren so viele Leute, und am Little Redfish Lake campte fast niemand, und es war auch noch kostenlos.

Wir fragten uns, was mit dem Campingplatz nicht in Ordnung war. Ob nicht vielleicht eine Campingpest erst vor ein paar Tagen das Lager leer gefegt hatte – eine Seuche, die mit allem aufräumte, die die ganze Campingausrüstung, das Auto und die Geschlechtsorgane völlig verwüstet und zerfetzt wie alte Segel zurücklassen würde. Und die Leute, die jetzt noch auf dem Campingplatz wohnten, waren nur dageblieben, weil sie nicht für fünf Pfennig Verstand hatten.

Wir gesellten uns begeistert zu ihnen. Vom Campingplatz aus hatte man einen wunderschönen Blick auf die Berge. Wir fanden eine Stelle direkt am See, die genau richtig war.

Platz 4 war mit einem Ofen ausgerüstet. Der Ofen war ein viereckiger Metallkasten, der auf einem Betonsockel stand. Oben steckte ein Ofenrohr in dem Metallkasten, aber in dem Rohr waren keine Schusslöcher. Ich war verblüfft. Fast alle Öfen, die wir auf den Campingplätzen in Idaho gesehen hatten, waren voller Schusslöcher gewesen. Es ist wahrscheinlich nur logisch, dass die Leute, wenn man ihnen Gelegenheit dazu gibt, auf einen alten Ofen schießen wollen, der im Wald herumsteht.

Auf Platz 4 stand auch ein großer Holztisch, an dem Bänke befestigt waren, die aussahen wie diese alten Benjamin-Franklin-Brillen, die mit den komischen viereckigen Gläsern. Ich setzte mich auf das linke Glas und schaute zu den Sawtooth Mountains hinüber. Ich machte es mir da auf der Bank bequem wie ein richtig schöner Astigmatismus.

FUSSNOTENKAPITEL ZU »DER TRANSPORT VON FORELLENFISCHEN IN AMERIKA SHORTY ZU NELSON ALGREN«

Ja, ja, Forellenfischen in Amerika Shorty ist wieder in der Stadt, aber ich glaube nicht, dass es wieder so wird, wie es einmal war. Die guten alten Zeiten sind vorbei, weil Forellenfischen in Amerika Shorty jetzt berühmt ist. Der Film hat ihn entdeckt.

Letzte Woche hat ihn die »Neue Welle« aus seinem Rollstuhl gehoben und in einer Seitenstraße aufs Kopfsteinpflaster gelegt. Dann machten sie eine Zeit lang Aufnahmen mit ihm. Er schimpfte und tobte, und sie haben alles gefilmt.

Später wird das Ganze wahrscheinlich mit einer anderen Stimme synchronisiert. Es wird eine edle und beredte Stimme sein, die die Unmenschlichkeit des Menschen klar und deutlich anprangert.

»Forellenfischen in Amerika Shorty, mon amour.«

Sein Monolog wird folgendermaßen beginnen: »Ich war einmal ein berühmter Schnüffler. Meine Spezialität waren Zechpreller, und ich war überall in Amerika als ›Grasshopper Nijinsky‹ bekannt. Nichts war gut genug für mich. Schöne Blondinen folgten mir auf Schritt und

Tritt.« Etc. … Sie werden die Kuh melken, bis sie nichts mehr hergibt, und sie werden aus zwei leeren Hosenbeinen und mit einem kleinen Budget Sahne und Butter machen.

Aber vielleicht liege ich damit auch völlig schief. Was sie da gedreht haben, war vielleicht bloß eine Szene aus einem neuen Science-Fiction-Film mit dem Titel »Forellenfischen in Amerika Shorty aus dem All«. Einer dieser billigen Thriller nach dem Motto: Wissenschaftler, ob nun verrückt oder nicht, sollten niemals Gott spielen, sonst endet alles damit, dass das Schloss in Flammen aufgeht und eine Menge Leute durch den dunklen Wald nach Hause ziehen.

DIE PUDDINGEXPERTIN
VON STANLEY BASIN

Bäume, Schnee, erste Felsen und der Berg hinter dem See verhießen uns Ewigkeit, aber im See selber schwammen Tausende alberner Elritzen in Ufernähe und legten eine Stummfilmnummer ein.

Die Elritzen waren in Idaho eine Touristenattraktion. Man hätte sie zu einem Nationalmonument machen sollen. Sie schwammen wie Kinder in Ufernähe und glaubten an ihre Unsterblichkeit.

Ein Student, der im sechsten Semester Maschinenbau an der University of Montana studierte, versuchte ein paar der Elritzen zu fangen, aber er stellte es völlig verkehrt an. Genau wie die Kinder, die am Wochenende des Unabhängigkeitstags kamen.

Die Kinder wateten in den See hinaus und versuchten, die Elritzen mit den Händen zu fangen. Sie benutzten auch Milchkartons und Plastiktüten. Sie boten dem See ein Schauspiel stundenlanger menschlicher Mühe. Am Ende bestand ihr Fang aus einer einzigen Elritze. Sie sprang aus einer Dose voller Wasser, die auf ihrem Tisch stand, und starb, nach Wasser japsend, unter dem

Tisch, während die Mutter der Kinder auf einem Coleman-Kocher Spiegeleier briet.

Die Mutter entschuldigte sich dafür. Sie hätte eigentlich auf den Fisch aufpassen sollen. – *Ich habe gesündigt.* Sie hielt den toten Fisch am Schwanz, und der Fisch bedankte sich wie ein jüdischer Komödiant, der über Adlai Stevenson spricht, mit unzähligen Verbeugungen für den Applaus.

Der Student, der im sechsten Semester Maschinenbau an der University of Montana studierte, nahm eine Blechdose und bohrte ein kompliziertes Muster aus Löchern rundherum in die Dose. Das Ganze sah aus, als hätte ein Hund einen Feuerhydranten im Maul gehabt. Dann band er ein Stück Schnur an die Dose und legte ein riesiges Lachsei und ein Stück Emmentaler hinein. Nach zwei Stunden gründlichen und durchschlagenden Scheiterns fuhr er wieder nach Missoula, Montana, zurück.

Die Frau, die mit mir unterwegs ist, hatte den besten Einfall, wie man die Elritzen fängt. Sie benutzte einen großen Tiegel, auf dessen Boden noch ein bisschen Vanillepudding klebte. Sie stellte den Tiegel in das seichte Wasser am Ufer, und sofort versammelten sich Hunderte von Elritzen um den Tiegel. Dann schwammen sie, vom Vanillepudding hypnotisiert, wie ein Kinderkreuzzug in den Tiegel. Meine Freundin fing zwanzig Fische mit einem einzigen Versuch. Sie stellte den Tiegel mit den Fischen ans Ufer, und das Baby spielte eine Stunde lang mit den Fischen.

Wir passten auf, dass das Baby keinen Unfug mit den Fischen anstellte. Wir wollten nicht, dass es einen von ihnen umbrachte. Dafür war es noch zu klein.

Das Baby machte jetzt nicht sein Pelztiergeräusch, sondern begriff sehr schnell den Unterschied zwischen Säugetieren und Fischen und machte schon bald ein silbriges Geräusch.

Es fing einen der Fische mit der Hand und schaute ihn sich eine Zeit lang an. Wir nahmen ihm den Fisch aus der Hand und taten ihn wieder in den Tiegel zurück. Nach einer Weile tat es die Fische, die es fing, selber wieder in den Tiegel zurück.

Dann wurde ihm das zu langweilig. Es kippte den Tiegel um, und ein Dutzend Fische zappelte am Ufer. Kinderspiele und die Spiele der Bankiers – es hob die kleinen Silberdinge auf, eines nach dem anderen, und tat es wieder in den Tiegel zurück. Es war immer noch ein bisschen Wasser darin. Den Fischen gefiel das. Das konnte man sehen.

Als es nicht mehr mit den Fischen spielen wollte, taten wir sie wieder in den See zurück. Sie waren alle noch sehr lebendig, sehr nervös. Ich glaube nicht, dass sie je wieder Lust auf Vanillepudding haben werden.

ZIMMER 208,
HOTEL FORELLENFISCHEN IN AMERIKA

Einen halben Block von der Ecke Broadway/Columbus Avenue entfernt liegt das Hotel Forellenfischen in Amerika, ein billiges Hotel. Es ist schon sehr alt und wird von ein paar Chinesen geführt. Es sind junge und ehrgeizige Chinesen, und in der Halle riecht es nach Lysol.

Das Lysol sitzt auf den Polstermöbeln wie ein Gast, der den Sportteil des *Chronicle* liest. Bis auf die Polstermöbel hier habe ich noch nie in meinem Leben Möbel gesehen, die aussehen wie Babynahrung.

Und das Lysol sitzt neben einem alten italienischen Rentner, der dem schweren Ticken der Uhr zuhört und von der wunderbaren Pasta der Ewigkeit träumt, von Basilikum und Jesus Christus.

Die Chinesen verändern dauernd irgendetwas an dem Hotel. Die eine Woche streichen sie das untere Treppengeländer, und in der Woche darauf tapezieren sie einen Teil des zweiten Stocks neu.

Ganz gleich, wie oft man an diesem Teil des zweiten Stocks vorbeikommt, man kann sich nicht mehr an die Farbe oder an das Muster der Tapete erinnern. Man weiß nur noch, dass dieser Teil der Tapete neu ist. Die Tapete sieht anders aus als die alte Tapete. Aber man erinnert sich auch nicht mehr daran, wie die alte ausgesehen hat.

Eines Tages holen die Chinesen ein Bett aus einem Zimmer und lehnen es gegen die Wand. So bleibt es einen Monat lang stehen. Man gewöhnt sich daran, dass man es sieht, und dann ist es eines Tages weg. Man fragt sich, wo es hin ist.

Ich erinnere mich noch an das erste Mal, als ich ins Hotel Forellenfischen in Amerika gegangen bin. Ich ging mit einem Freund hin, und wir wollten uns mit ein paar Leuten treffen.

»Ich will dir sagen, was dich erwartet«, sagte mein Freund. »Sie ist eine ehemalige Nutte, die für die Telefongesellschaft arbeitet. Er hat während der Wirtschaftskrise eine Zeit lang Medizin studiert und ist dann ins Showgeschäft gegangen. Danach war er Laufbursche für eine Abtreibungsfabrik in Los Angeles. Er wurde eingebuchtet und hat einige Zeit in San Quentin gesessen.

Sie werden dir bestimmt gefallen. Es sind nette Leute.

Er hat sie vor ein paar Jahren in North Beach kennengelernt. Sie ging für einen schwarzen Zuhälter auf den Strich. Es war eine ziemlich verdrehte Geschichte. Die meisten Frauen haben ja eine Veranlagung zur Hure, aber sie ist eine von diesen seltenen Frauen, denen das absolut abgeht – dieses Talent zur Hure. Sie ist auch schwarz.

Sie lebte als junges Mädchen auf einer Farm in Oklahoma, und eines Nachmittags fuhr der Zuhälter vorbei und sah sie im Vorgarten spielen. Er hielt an, stieg aus und unterhielt sich eine Zeit lang mit ihrem Vater.

Wahrscheinlich hat er ihrem Vater Geld gegeben.

Er muss ihm irgendein tolles Geschäft vorgeschlagen haben, weil ihr Vater zu ihr sagte, sie solle ihre Sachen holen. Sie zog also mit dem Zuhälter los. So einfach war das.

Er brachte sie nach San Francisco und schickte sie auf den Strich, und sie fand es widerlich und eklig. Er hielt sie bei der Stange, indem er sie die ganze Zeit terrorisierte. Er war wirklich ein Herzchen.

Sie war nicht gerade dumm, und er besorgte ihr einen Job bei der Telefongesellschaft, wo sie tagsüber arbeitete, und nachts schickte er sie auf den Strich.

Als Art sie ihm ausspannte, reagierte er ziemlich sauer. So ein Mädchen lässt man nicht einfach gehen. Er brach öfter mitten in der Nacht in Arts Hotelzimmer ein, setzte Art ein Schnappmesser an die Kehle und schimpfte und tobte. Art machte immer größere Schlösser an die Tür, aber der Zuhälter war durch nichts aufzuhalten – er war ein riesiger Kerl, ein richtiger Kleiderschrank.

Art zog also eines Tages los und besorgte sich eine 32er, und als der Zuhälter das nächste Mal einbrach, zog Art die Pistole unter der Bettdecke heraus, rammte sie ihm in den Schlund und sagte: ›Wenn du das nächste Mal durch die Tür da kommst, dann hast du Pech gehabt, Jack.‹ Das schreckte den Zuhälter ab. Er ließ sich nie wieder sehen. Es war wirklich ein ganz schöner Verlust für den Zuhälter.

Er kaufte noch für ein paar Tausend Dollar Sachen auf ihren Namen, über Kundenkreditkonten und so. Sie zahlen immer noch dran ab.

Die Pistole liegt gleich neben ihrem Bett für den Fall, dass der Zuhälter einen Anfall von Gedächtnisschwund kriegt und sich seine Schuhe im Leichenhaus putzen lassen will.

Wenn wir jetzt raufkommen, dann trinkt er bestimmt Wein. Sie nicht. Sie trinkt eine kleine Flasche Brandy. Sie wird uns nichts davon anbieten. Sie trinkt ungefähr vier solche Flaschen am Tag. Sie kauft sich nie eine Liter-flasche. Sie geht immer wieder raus und kauft sich einen Viertelliter.

So macht sie das eben. Sie redet nicht besonders viel, und sie macht keine Szenen. Sie sieht gut aus.«

Mein Freund klopfte an die Tür, und wir hörten, wie jemand vom Bett aufstand und an die Tür kam.

»Wer ist denn da?«, sagte eine männliche Stimme auf der anderen Seite.

»Ich bins«, sagte mein Freund, und seine Stimme klang tief und war so leicht zu identifizieren wie ein Name.

»Ich mach gleich auf.« Ein schlichter, einfacher Aus-sagesatz. Er machte ungefähr hundert Schlösser auf, schob Bolzen, Ketten, Schlüsselanker, Stahlstifte und mit Säure gefüllte Bambusrohre zurück, und dann öffnete sich die Tür wie die Tür zum Hörsaal einer berühmten Universität, und alles war an seinem Platz: die Pistole neben dem Bett und eine kleine Flasche Brandy neben einer attraktiven Negerin.

Im Zimmer wuchsen viele Blumen und Pflanzen; ein paar davon standen auf der Kommode zwischen alten Fotografien. Auf allen Fotos waren Weiße abgebildet, auch Art, als er noch jung war und so gut aussah wie die 30er Jahre.

An die Wand waren Tierbilder gepinnt, die jemand aus Zeitschriften ausgeschnitten hatte. Um die Bilder waren mit Buntstiften Rahmen gezogen, und an die Wand waren Bilderdrähte gemalt, die die Tierbilder an der Wand hielten. Es waren Bilder von Kätzchen und kleinen Hunden. Sie sahen wirklich hübsch aus.

Am Bett stand ein Goldfischglas. Daneben lag die Pistole. Der Goldfisch und die Pistole hatten etwas Religiöses; sie wirkten, als seien sie sehr vertraut miteinander.

Art und die Frau hatten einen Kater, der 208 hieß. Sie hatten den Boden des Badezimmers mit Zeitungspapier ausgelegt, und der Kater schiss auf das Zeitungspapier. Mein Freund sagte, dass 208 sich für den letzten Kater der Welt hielt, weil er keine andere Katze mehr gesehen hatte, seit er ein kleiner Kater war. Sie ließen ihn nie aus dem Zimmer. Er war ein roter Kater und sehr aggressiv. Wenn man mit ihm spielte, biss er ganz fest zu. Wenn man 208 das Fell streichelte, dann attackierte er die Hand, als sei die Hand ein Bauch, aus dem er besonders zarte Eingeweide herausreißen wolle.

Wir saßen da, tranken und redeten über Bücher. Art hatte in Los Angeles eine Menge Bücher gehabt, aber sie waren jetzt alle weg. Er erzählte uns, dass er damals,

als er noch im Showgeschäft war und kreuz und quer durch Amerika fuhr, seine freie Zeit immer in Antiquariaten zubrachte und alte und ungewöhnliche Bücher kaufte. Einige dieser Bücher seien sehr seltene signierte Ausgaben gewesen, sagte er uns, aber er hatte sie sehr billig bekommen und musste sie später wieder sehr billig hergeben.

»Sie wären jetzt eine Menge Geld wert«, sagte er.

Die Negerin saß ganz still da und betrachtete ihren Brandy. Ein paar Mal sagte sie Ja. Es klang irgendwie nett. Sie sprach das Wort Ja so aus, wie man es besser gar nicht kann, wenn es ganz alleine dasteht und nicht von irgendwelchen Bedeutungen und anderen Wörtern umgeben ist.

Sie kochten sich ihr Essen auf dem Zimmer, und auf dem Fußboden stand eine Kochplatte neben einem halben Dutzend Pflanzen, darunter auch ein Pfirsichbaum, der in einer Kaffeedose wuchs. Ihr Schrank war voller Lebensmittel. Er enthielt neben Hemden, Anzügen und Kleidern auch Konservendosen, Eier und Speiseöl.

Mein Freund sagte mir, dass die Frau eine sehr gute Köchin sei. Dass sie wirklich gut kochen könne und auf dieser einzelnen Kochplatte neben einem Pfirsichbaum ein tolles Essen machen könne.

Sie hatten es wirklich gut. Er hatte so eine weiche Stimme und so angenehme Manieren, dass er als privater Krankenpfleger für reiche Geisteskranke arbeitete. Er verdiente gutes Geld, wenn er arbeitete, aber manchmal war er selber krank. Er war irgendwie ziemlich he-

runter. Sie arbeitete immer noch bei der Telefongesellschaft, aber ihre Nachtarbeit hatte sie aufgegeben.

Sie zahlten immer noch die Schulden ab, die der Zuhälter im Namen der Frau gemacht hatte. Ich meine, inzwischen waren Jahre vergangen, und sie zahlten immer
noch diese Sachen ab: einen Cadillac, eine Hi-Fi-Anlage,
teure Kleider und diese ganzen Sachen, die sich schwarze
Zuhälter eben gerne zulegen.

Nach diesem ersten Treffen ging ich noch ein halbes
Dutzend Mal ins Hotel. Dabei passierte etwas Interessantes. Ich stellte mir vor, dass der Kater, 208, nach dem
Hotelzimmer benannt worden war, obwohl ich wusste,
dass die Nummer des Hotelzimmers in den Dreihundertern war. Das Zimmer lag im dritten Stock. So einfach
war das.

Wenn ich ihn besuchte, hielt ich mich nicht an irgendwelche Zimmernummern, sondern folgte der Geografie
des Hotels Forellenfischen in Amerika. Ich habe nie seine
genaue Zimmernummer gewusst. Aber insgeheim wusste
ich, dass die Nummer irgendwo in den Dreihundertern
lag, und das war alles.

Jedenfalls war es leichter für mich, in meinem Kopf
Ordnung zu schaffen, indem ich mir vorstellte, dass der
Kater nach der Zimmernummer benannt worden war.
Ich fand das eine gute Idee und einen einleuchtenden
Grund dafür, dass ein Kater den Namen 208 trug. Natür-
lich war das nicht der wirkliche Grund. Der Kater hieß
208, und die Zimmernummer lag irgendwo in den Drei-
hundertern.

Wo kam denn der Name 208 bloß her? Was bedeutete er? Ich dachte eine Zeit lang konzentriert darüber nach, ließ aber den Rest meines Hirns nichts von meinen Überlegungen wissen. Aber ich verdarb mir nicht meinen Geburtstag damit, dass ich insgeheim zu intensiv darüber nachdachte.

Ein Jahr später fand ich durch reinen Zufall die wahre Bedeutung des Namens von 208 heraus. Eines Samstagmorgens, als die Sonne auf die Hügel schien, klingelte mein Telefon. Ein guter Freund von mir war dran, und er sagte: »Ich sitz im Kittchen. Komm und hol mich raus. Sie haben schwarze Kerzen um die Ausnüchterungszelle aufgestellt.«

Ich ging zur Hall of Justice hinunter, um für meinen Freund Kaution zu stellen, und entdeckte, dass das Kautionsbüro die Nummer 208 war. Es war ganz einfach. Ich zahlte zehn Dollar für das Leben meines Freundes und entdeckte die eigentliche Bedeutung von 208, die Bedeutung dieses Namens, der wie Schmelzwasser den Berg zu einem kleinen Kater hinunterläuft, der im Hotel Forellenfischen in Amerika lebt und spielt und der glaubt, er sei die einzige Katze auf der Welt, weil er schon so lange keine andere Katze mehr gesehen hat. Er hat überhaupt keine Angst, und überall auf dem Badezimmerboden liegt Zeitungspapier herum, und auf der Kochplatte brutzelt etwas Gutes vor sich hin.

DER CHIRURG

Ich schaute zu, wie mein Tag am Little Redfish Lake so klar wie das erste Licht der Morgendämmerung oder der erste Strahl des Sonnenaufgangs begann, obwohl die Dämmerung und der Sonnenaufgang schon lange vorbei waren und es schon spät am Morgen war.

Der Chirurg zog ein Messer aus der Scheide an seinem Gürtel, durchschnitt die Kehle des Döbel mit einer leichten, lockeren Bewegung und zeigte durch diesen poetischen Akt, wie scharf das Messer war. Dann warf er den Fisch wieder in den See.

Der Döbel schlug spritzend und unbeholfen wie ein lebloser Gegenstand auf dem Wasser auf, hielt sich an alle Verkehrsregeln der Welt − ACHTUNG SCHULE 25 MEILEN − und sank auf den kalten Grund des Sees. Er lag dann mit dem Bauch nach oben da unten wie ein schneebedeckter Schulbus. Eine Forelle schwamm zu ihm hinüber, schaute ihn sich, nur damit die Zeit verging, an und schwamm wieder davon.

Der Chirurg und ich unterhielten uns über den Ärzteverband. Ich weiß auch nicht, wie zum Teufel wir auf dieses Thema gekommen waren, aber wir unterhielten uns nun mal darüber. Dann wischte er das Messer ab und steckte es wieder in die Scheide.

Ich weiß wirklich nicht, wie wir auf den Ärzteverband gekommen waren.

Der Chirurg sagte, dass er fünfundzwanzig Jahre gebraucht habe, bis er Arzt geworden sei. Sein Studium sei durch die Wirtschaftskrise und zwei Kriege unterbrochen worden. Er sagte, er würde aufhören zu praktizieren, sobald die medizinische Versorgung in Amerika verstaatlicht würde.

»Ich habe noch nie in meinem Leben einen Patienten abgewiesen, und ich kenne auch keinen anderen Arzt, der das schon gemacht hätte. Letztes Jahr habe ich sechstausend Dollar an uneinbringlichen Außenständen abgeschrieben«, sagte er.

Ich wollte noch sagen, dass ein Kranker unter allen Umständen seine Arztrechnungen bezahlen solle, aber dann ließ ich es doch lieber sein. Nichts ließe sich an den Ufern des Little Redfish Lake beweisen oder verändern, und wie der Döbel schon herausgefunden hatte, war der See nicht gerade der beste Ort für Schönheitsoperationen.

»Vor drei Jahren habe ich im Süden Utahs für eine Gewerkschaft gearbeitet, die für ihre Mitglieder eine Krankenversicherung eingerichtet hatte«, sagte der Chirurg. »Ich habe keine Lust, unter solchen Bedingungen zu arbeiten. Die Patienten glauben, man gehöre ihnen mit Haut und Haaren und habe unbegrenzt Zeit für sie. Sie halten einen für ihren persönlichen Mülleimer.

Wenn ich zu Hause beim Abendessen saß, klingelte immer das Telefon: ›Hilfe! Herr Doktor! Ich sterbe! Mein Magen! Ich hab schreckliche Schmerzen!‹ Ich stand dann immer vom Essen auf und fuhr schnell rüber.

Der Bursche erwartete mich dann immer schon mit einer Dose Bier in der Hand an der Tür. ›Hallo, Doc, kommen Sie doch rein. Ich hol Ihnen ein Bier. Ich schau mir grade was im Fernsehen an. Der Schmerz ist völlig weg. Toll, was? Mir gehts unheimlich gut. Setzen Sie sich doch. Ich hol Ihnen ein Bier, Doc. Die Ed Sullivan Show läuft gerade.‹«

»Nein, danke«, sagte der Chirurg. »Ich habe keine Lust, unter solchen Umständen zu arbeiten. Nein, danke. Nein, danke. Ich geh gerne auf die Jagd und zum Angeln«, sagte er. »Deswegen bin ich ja auch nach Twin Falls gezogen. Ich hatte gehört, dass man in Idaho sehr gut jagen und fischen könnte. Und jetzt bin ich sehr enttäuscht. Ich habe meine Praxis aufgegeben, mein Haus in Twin verkauft, und jetzt schau ich mich nach was Neuem um.

Ich hab nach Montana, Wyoming, Colorado, New Mexico, Arizona, Kalifornien, Nevada, Oregon und Washington geschrieben und mir die Jagd- und Fischereibestimmungen kommen lassen, und jetzt prüfe ich alles sehr genau«, sagte er.

»Ich hab genug Geld, um ein halbes Jahr herumzufahren und mich nach einem Ort umzuschauen, an dem man gut jagen und fischen kann. Ich kriege eine Einkommensteuerrückzahlung von zwölfhundert Dollar, weil ich dieses Jahr nicht mehr arbeite. Das sind zwei-hundert Dollar im Monat fürs Nichtstun. Ich versteh dieses Land nicht«, sagte er.

Die Frau des Chirurgen und seine Kinder waren in der Nähe in einem Wohnwagen. Der Wohnwagen war in der letzten Nacht von einem brandneuen Rambler-Kombi auf den Campingplatz gezogen worden. Der Chirurg hatte zwei Kinder, einen zweieinhalbjährigen Jungen und einen zu früh geborenen Säugling, der aber jetzt schon fast das normale Gewicht hatte.

Der Chirurg erzählte mir, dass sie zuletzt am Big Lost River gecampt hatten, wo er eine fünfunddreißig Zentimeter lange Bachforelle gefangen habe. Er sah noch jung aus, obwohl er nicht mehr viele Haare auf dem Kopf hatte.

Ich unterhielt mich noch ein bisschen länger mit dem Chirurgen und verabschiedete mich dann. Am Nach-mittag brachen wir zum Lake Josephus auf, der am Rand der Idaho Wilderness liegt, und er machte sich auf den Weg nach Amerika, das oft ein Ort ist, der nur im Kopf existiert.

EINE ANMERKUNG ZU DEM CAMPINGFIMMEL, DER GEGENWÄRTIG AMERIKA HEIMSUCHT

Wie man es auch dreht – die Coleman-Laterne ist das Symbol des Campingfimmels, der gegenwärtig Amerika heimsucht. Ihr unchristliches Licht leuchtet überall in den Wäldern Amerikas.

Letzten Sommer saß ein gewisser Mr Norris in einer Bar in San Francisco und trank. Es war Sonntagabend, und er hatte schon sechs oder sieben intus. Er wandte sich dem Mann auf dem Hocker neben ihm zu und sagte: »Was haben Sie denn vor?«

»Ich trink bloß ein paar«, sagte der Mann.

»Das mach ich auch«, sagte Mr Norris. »Ich gieß mir gern mal einen hinter die Binde.«

»Verstehe«, sagte der andere Mann. »Ich musste ein paar Jahre aussetzen. Jetzt fang ich grade wieder an.«

»Was war denn los?«, fragte Mr Norris.

»Ich hatte ein Loch in der Leber«, sagte der Mann.

»In der Leber?«

»Ja, der Doktor hat gesagt, es wär so groß, dass man mit einer Fahne darin herumwedeln könnte. Jetzt gehts mir wieder besser. Ich kann ab und zu mal wieder einen heben. Ich soll eigentlich nichts trinken, aber es wird mich schon nicht umbringen.«

»Ja, also, ich bin zweiunddreißig«, sagte Mr Norris. »Ich war dreimal verheiratet und kann mich nicht mehr an die Namen meiner Kinder erinnern.«

Der Mann auf dem Hocker neben Mr Norris trank wie ein Vogel auf einer Nachbarinsel einen Schluck von seinem Scotch mit Soda. Er freute sich über das Geräusch, das der Alkohol in seinem Glas machte. Dann stellte er das Glas wieder auf die Theke zurück.

»Das ist doch kein Problem«, sagte er zu Mr Norris. »Das beste Mittel, sich an die Namen seiner Kinder aus früheren Ehen zu erinnern, ist das Campen. Gehn Sie doch mal campen und versuchen Sie's mit Forellenfischen. Forellenfischen ist überhaupt eines der besten Mittel, wie man sich an Kindernamen erinnert.«

»Wirklich?«, sagte Mr Norris.

»Ja«, sagte der Mann.

»Das könnte vielleicht wirken«, sagte Mr Norris. »Ich muss wirklich was unternehmen. Manchmal glaube ich, dass einer von ihnen Carl heißt, aber das ist unmöglich. Meine dritte Exgattin konnte den Namen Carl nicht ausstehen.«

»Versuchen Sie's nur mal mit ein bisschen Camping und mit Forellenfischen«, sagte der Mann auf dem Hocker neben Mr Norris. »Und Sie erinnern sich auch noch an die Namen ihrer ungeborenen Kinder.«

»Carl! Carl! Deine Mutter braucht dich!«, schrie Mr Norris. Es sollte eine Art Witz sein, aber dann ging ihm auf, dass es nicht besonders witzig war. Er war eben schon ein bisschen beschwipst.

Er würde noch ein paar trinken, und dann würde sein Kopf wie immer auf die Theke knallen wie eine Flintenkugel. Er fiel aber nie in sein Glas, damit er sich nicht das Gesicht zerschnitt. Sein Kopf fuhr immer mit einem heftigen Ruck wieder hoch und schaute sich erschrocken um, und die Leute starrten Mr Norris' Kopf an. Er stand dann immer auf und brachte seinen Kopf nach Hause.

Am nächsten Morgen ging Mr Norris in ein Sportgeschäft und besorgte sich seine Ausrüstung. Er ließ alles anschreiben. Er ließ ein Drei-mal-drei-Meter-Zelt mit einer Mittelstange aus Aluminium anschreiben. Dann ließ er einen daunengefüllten Arktis-Schlafsack anschreiben und eine Luftmatratze und ein Luftkissen, die zu dem Schlafsack passten. Außerdem ließ er sich einen Luftwecker anschreiben, weil er sich vorstellte, dass er nach jeder Nacht am Morgen wieder geweckt werden musste.

Er ließ einen zweiflammigen Coleman-Kocher anschreiben und eine Coleman-Laterne, einen Klapptisch aus Aluminium, einen Satz Aluminiumgeschirr, das ineinanderpasste, und einen tragbaren Kühlschrank.

Das Letzte, was er anschreiben ließ, war Angelzeug und eine Flasche Insektenmittel.

Am nächsten Tag brach er ins Gebirge auf.

Als er Stunden später im Gebirge ankam, waren die ersten sechzehn Campingplätze, an denen er anhielt, mit

Leuten überfüllt. Er war ein bisschen überrascht. Er hätte nicht gedacht, dass es in den Bergen so voll wäre.

Am siebzehnten Campingplatz war gerade ein Mann an einem Herzinfarkt gestorben, und die Sanitäter bauten sein Zelt ab. Sie nahmen den Mittelstab heraus und dann die Stäbe an den Ecken. Dann legten sie das Zelt sorgfältig zusammen und packten es direkt neben die Leiche in den Krankenwagen.

Sie fuhren die Straße hinunter und ließen in der Luft eine Wolke leuchtenden weißen Staub zurück. Der Staub sah aus wie das Licht einer Coleman-Laterne.

Mr Norris schlug sein Zelt genau da auf, wo der Mann gestorben war, baute seine ganze Ausrüstung auf, und bald schon war alles gleichzeitig in Betrieb. Nachdem er sein getrocknetes Beef Stroganoff gegessen hatte, schaltete er mit dem Hauptschalter seine Ausrüstung aus und schlief ein, weil es jetzt dunkel war.

Es war etwa Mitternacht, als sie die Leiche brachten und sie neben das Zelt legten, weniger als einen Schritt von der Stelle entfernt, auf der Mr Norris in seinem Arktis-Schlafsack schlief.

Er wachte auf, als sie die Leiche brachten. Sie waren nicht gerade die leisesten Leichenlieferanten der Welt. Mr Norris sah, wie sich die Leiche gegen die Zeltwand drückte. Das Einzige, was ihn von der Leiche trennte, war eine dünne Schicht 170 Gramm schwerer, Wasser abstoßender, witterungsbeständiger, imprägnierter, grüner Ameriflex-Popeline.

Mr Morris zog den Reißverschluss seines Schlafsackes auf und ging mit einer riesigen, wachhundähnlichen Taschenlampe nach draußen. Er sah, wie die Leichenlieferanten den Weg hinunter zum Bach gingen.

»He, ihr da!«, rief Mr Norris. »Kommt mal noch mal her. Ihr habt was vergessen.«

»Was meinen Sie denn?«, sagte einer von ihnen. Sie sahen aus wie Schafe, die von den Zähnen der Taschenlampe festgehalten wurden.

»Ihr wisst schon, was ich meine«, sagte Mr Norris. »Wirds bald!«

Die Leichenlieferanten zuckten die Achseln, schauten sich an und kamen dann zögernd zurück. Sie schlurften mit den Füßen auf dem Boden wie Kinder. Sie hoben die Leiche wieder auf. Sie war schwer, und der eine von ihnen hatte Mühe damit, die Leiche an den Füßen zu packen.

Und dieser eine sagte kleinlaut zu Mr Norris: »Sie bleiben dabei, ja?«

»Gute Nacht und auf Wiedersehn«, sagte Mr Norris.

Sie trugen die Leiche zwischen sich hinunter zum Bach. Mr Norris machte die Taschenlampe aus und hörte, wie sie über die Felsbrocken am Ufer des Bachs entlangstolperten. Er hörte, wie sie sich beschimpften. Er hörte, wie einer von ihnen sagte: »Du musst dein Ende etwas höher halten.« Dann hörte er nichts mehr.

Ungefähr zehn Minuten darauf sah er, wie auf einem anderen Campingplatz weiter unten am Bach alle möglichen Lampen und Lichter angingen. Er hörte in der Ferne eine Stimme rufen: »Die Antwort ist Nein! Jetzt habt ihr auch schon die Kinder aufgeweckt. Sie brauchen ihre Ruhe. Wir wandern morgen vier Meilen bis zum Fish Konk Lake hinauf. Versuchts doch woanders.«

RÜCKKEHR ZUM UMSCHLAG
DIESES BUCHS

Lieber Forellenfischen in Amerika,
ich habe deinen Freund Fritz auf dem Washington Square getroffen. Er hat mir gesagt, ich soll dir ausrichten, dass sein Fall vor ein Schwurgericht kam und dass ihn die Geschworenen freigesprochen haben.

Er hat gesagt, es sei wichtig, dass ich sage, dass sein Fall vor ein Schwurgericht gekommen ist und dass ihn die Geschworenen freigesprochen haben – deshalb hab ich's jetzt noch einmal gesagt.

Er sah einigermaßen gut aus. Er saß in der Sonne. Es gibt einen alten Spruch in San Francisco: »Es ist besser, auf dem Washington Square zu sitzen als in einer kalifornischen Strafanstalt.«

Wie gehts denn so in New York?

Viele Grüße

»Ein glühender Verehrer«

Lieber glühender Verehrer,
es ist gut zu hören, dass Fritz nicht im Gefängnis sitzt. Er hat sich große Sorgen deswegen gemacht.

Als ich das letzte Mal in San Francisco war, hat er mir gesagt, die Chancen stünden 10:1, dass er hinter schwedische Gardinen müsse. Ich habe ihm gesagt, er solle sich einen guten Rechtsanwalt nehmen. Er hat also meinen Rat anscheinend befolgt und dazu noch viel Glück gehabt. Das ist immer eine gute Kombination.

Du fragst, wie es in New York ist, und in New York ist es sehr heiß.

Ich bin bei Freunden zu Besuch, bei einem jungen Einbrecher und seiner Frau. Er ist arbeitslos, und seine Frau ist Bedienung in einer Cocktail-Bar. Er hat sich nach Arbeit umgeschaut, aber ich befürchte das Schlimmste.

Letzte Nacht war es so heiß, dass ich mich in ein feuchtes Laken eingewickelt habe, um mich kühl zu halten. Ich kam mir vor wie ein Patient in einer Nervenklinik.

Mitten in der Nacht wachte ich auf, und das Zimmer war voller Dampf, der von dem Laken aufstieg, und auf dem Fußboden und den Möbeln lag allerhand Dschungelzeug herum, zurückgelassene Ausrüstungsgegenstände und tropische Blumen.

Ich ging mit dem Laken ins Badezimmer, warf es in die Wanne und drehte das kalte Wasser auf. Der Hund kam herein und bellte mich an.

Er bellte so laut, dass das Badezimmer bald voller Leichen war. Eine der Leichen wollte mein nasses Laken als Leichentuch benutzen. Ich sagte Nein, und wir gerieten in einen heftigen Streit um das Laken, und die Puerto

Ricaner in der Nachbarwohnung wachten auf und klopften an die Wände.

Die Leichen zogen beleidigt ab. »Wir wissen schon, wenn wir nicht erwünscht sind«, sagte eine von ihnen.

»Da hast du ganz verdammt recht«, sagte ich. Mir reicht es jetzt.

Ich gehe von New York weg. Morgen fahr ich nach Alaska. Ich such mir einen eiskalten Bach in der Nähe der Arktis, wo dieses komische schöne Moos wächst, und verbringe eine Woche mit den Äschen. Meine Adresse ist: Forellenfischen in Amerika, hauptpostlagernd, Fairbanks, Alaska.

Dein Freund

Trout Fishing in America

DIE TAGE AM LAKE JOSEPHUS

Wir fuhren vom Little Redfish Lake zum Lake Josephus und kamen auf unserer Fahrt an lauter guten
Adressen vorbei – von Stanley nach Capehorn, nach
Seafoam zum Rapid River, den Float Creek hinauf, an
der Greyhound-Mine vorbei und dann zum Lake Josephus, und ein paar Tage später zogen wir den Weg zum
Helldiver Lake hinauf. Ich trug das Baby auf den Schultern, und oben im See wartete ein großer dicker Fang
Forellen.

Wir wussten, dass die Forellen wie Flugtickets darauf
warteten, dass wir sie abholten, und deshalb legten wir
in Mushroom Springs eine Pause ein und tranken kaltes,
schattiges Wasser. Außerdem wurden ein paar Fotos von
dem Baby und mir gemacht, wie wir zusammen auf
einem Baumstamm sitzen.

Hoffentlich haben wir eines Tages genug Geld, dass
wir die Bilder entwickeln lassen können. Manchmal
packt mich die Neugierde, und ich frage mich dann immer, ob sie was geworden sind. Wie bei Samenkörnern
in einem Päckchen ist es noch völlig offen, ob die Bilder

was werden. Ich werde älter sein, wenn sie entwickelt werden, älter und leichter zu begeistern. Schau, da ist das Baby! Schau, da ist Mushroom Springs! Schau, da bin ich!

Als wir am Helldiver Lake waren, fing ich innerhalb einer Stunde die erlaubte Menge Forellen, und mein Mädchen freute sich so sehr über den guten Fang, dass sie in der Aufregung das Baby in der Sonne einschlafen ließ, und als das Baby aufwachte, musste es brechen, und ich trug es wieder den Weg hinunter.

Mein Mädchen ging langsam hinter uns her und trug die Angelruten und die Fische. Das Baby übergab sich noch ein paar Mal, spuckte kleine Fingerhüte zarten lila Breis aus, aber ich bekam das Zeug trotzdem an meine Sachen, und das Gesicht des Babys war heiß und rot.

In Mushroom Springs machten wir eine Pause. Ich gab dem Baby Wasser zu trinken, nicht sehr viel, und spülte ihm damit den schlechten Geschmack aus dem Mund. Dann wischte ich mir das Zeug von meinen Sachen, und aus irgendeinem komischen Grund war jetzt, da oben in Mushroom Springs, genau der richtige Augenblick, darüber nachzudenken, was aus dem Zoot-Anzug geworden war, diesem berühmten Anzug, der aus einem taillierten Jackett mit wattierten Schultern und Röhrenhosen bestand.

Der Zoot-Anzug war, zusammen mit dem Zweiten Weltkrieg und den Andrew Sisters, Anfang der vierziger Jahre sehr beliebt gewesen. Ich glaube, das waren alles bloß vorübergehende Verrücktheiten.

Ein krankes Baby, das im Juli 1961 auf dem Weg vom Helldiver Lake hinuntergetragen wird, ist wahrscheinlich ein wichtigeres Problem. Man kann das nicht einfach so weiterlaufen lassen, man kann nicht einfach zusehen, wie sich ein krankes Baby seinen Platz unter den Kometen in der Milchstraße sucht und alle 173 Jahre dicht an der Erde vorbeirauscht.

Hinter Mushroom Springs hörte das Baby zu brechen auf, und ich trug es den Weg hinunter, ging mit ihm durch schattige Stellen und an anderen namenlosen Quellen vorbei, und als wir am Lake Josephus ankamen, ging es der Kleinen wieder gut.

Sie lief schon bald mit einer großen Halsabschneiderforelle in der Hand herum und hielt den Fisch wie eine Harfe, mit der sie zu einem Konzert eilte – sie war schon zehn Minuten zu spät dran, und kein Bus und kein Taxi waren in Sicht.

FORELLENFISCHEN AUF DER STRASSE
DER EWIGKEIT

CALLE DE ETERNIDAD: Wir stiegen von Guelatao, dem Geburtsort Benito Juarez', nach oben. Wir nahmen nicht den Weg über die Straße, sondern folgten einem Pfad, der sich den Bach entlangzog. Ein paar Jungen aus der Schule in Guelatao hatten uns gesagt, der Weg den Bach entlang sei eine Abkürzung.

Der Bach war klar, aber ein bisschen milchig, und ich erinnere mich, dass der Pfad an einigen Stellen steil war. Einige Leute kamen uns auf dem Pfad entgegen, denn es war wirklich eine Abkürzung. Es waren lauter Indianer, die etwas trugen.

Schließlich bog der Pfad vom Bach ab, und wir stiegen einen Hügel hinauf und kamen am Friedhof an. Der Friedhof war sehr alt und irgendwie heruntergekommen. Überall wucherten Unkraut und Tod, die ineinander verschlungen waren wie zwei Tanzende.

Vom Friedhof aus führte eine Straße mit Kopfsteinpflaster zu der Stadt Ixtlan hinauf. Ixtlan wird Ist-LON ausgesprochen und liegt oben auf einem anderen Hügel. An der Straße standen bis zur Stadt keine Häuser.

Die Straße nach Ixtlan hinauf war so steil, dass es kaum zu fassen war. Wir sahen ein Schild, das zum Friedhof hinunter zeigte und den ganzen Weg hinunter jedem Pflasterstein mit liebevoller Sorgfalt folgte.

Wir waren vom Aufstieg noch außer Atem. Auf dem Schild stand Calle de Eternidad. Und es zeigte nach unten.

Ich bin nicht immer ein Weltreisender gewesen, der exotische Orte im Süden Mexikos besucht. Ich bin einmal ein Kind gewesen, das für eine alte Frau im Pazifischen Nordwesten allerlei Arbeiten machte. Sie war über neunzig, und ich arbeitete für sie an Samstagen, nach der Schule und im Sommer.

Manchmal machte sie mir Mittagessen – kleine Eiersandwiches, und die Brotrinde war ganz glatt wie von einem Chirurgen abgeschnitten, und manchmal gab sie mir Bananenscheiben, die sie in Mayonnaise getunkt hatte.

Die alte Frau wohnte ganz alleine in einem Haus, das für sie wie eine Zwillingsschwester war. Das Haus hatte vier Stockwerke und wenigstens dreißig Zimmer, und die alte Dame war eins fünfzig groß und wog ungefähr fünfundsiebzig Pfund.

Im Wohnzimmer stand ein großes Radio aus den zwanziger Jahren, und dieses Radio war der einzige Gegenstand in dem Haus, der einigermaßen so aussah, als stamme er aus unserem Jahrhundert, und auch da hatte ich noch meine Zweifel.

Eine ganze Menge Autos, Flugzeuge, Staubsauger, Kühlschränke und andere Sachen aus den zwanziger

Jahren sehen so aus, als stammten sie aus dem letzten Jahrzehnt des 19. Jahrhunderts. Es ist unser Tempo, die Schönheit dieses Tempos, die diese Dinge hat vorzeitig altern lassen, sodass sie jetzt aussehen wie die Dinge und Gedanken von Menschen aus einem anderen Jahrhundert.

Die alte Frau hatte einen alten Hund, aber der zählte schon fast nicht mehr. Er war so alt, dass er aussah wie ein ausgestopfter Hund. Einmal ging ich mit ihm einkaufen. Es war, als führte man einen ausgestopften Hund spazieren. Ich band ihn an einen ausgestopften Hydranten, und er pisste den Hydranten an, aber es war nur ausgestopfte Pisse.

Ich ging in den Laden und kaufte ein bisschen Stopfmaterial für die alte Dame. Vielleicht ein Pfund Kaffee oder ein Glas Mayonnaise.

Ich erledigte noch andere Dinge für sie, schnitt zum Beispiel kanadische Disteln. In den zwanziger Jahren (oder war es Ende des letzten Jahrhunderts) fuhr sie mit dem Auto durch Kalifornien, und ihr Mann hielt an einer Tankstelle an und sagte dem Tankwart, er solle volltanken.

»Wollen Sie Samen von wilden Blumen?«, sagte der Tankwart.

»Nein«, sagte ihr Mann. »Benzin.«

»Das weiß ich schon, Sir«, sagte der Tankwart. »Aber heute gibts gratis Blumensamen mit dem Benzin.«

»Na gut«, sagte ihr Mann. »Dann geben Sie uns also auch noch den Blumensamen. Aber passen Sie auf und tanken Sie den Wagen mit Benzin. Ich brauche eigentlich nur Benzin.«

»Das macht Ihren Garten schöner, Sir.«

»Das Benzin?«

»Nein, Sir, die Blumen.«

Sie fuhren in den Nordwesten zurück, pflanzten die Samen, und es wurden kanadische Disteln. Ich schnitt sie jedes Jahr ab, aber sie kamen immer wieder. Ich schüttete Chemikalien darauf, und sie kamen immer wieder.

Flüche waren wie Musik für ihre Wurzeln. Ein Schlag ins Genick war wie Cembaloklänge für sie. Diese kanadischen Disteln waren für die Ewigkeit gedacht. Danke, Kalifornien, für deine wunderschönen wilden Blumen. Ich schnitt sie jedes Jahr ab.

Ich machte auch noch andere Dinge für die alte Frau, mähte zum Beispiel ihren Rasen mit einem grausigen alten Rasenmäher. Als ich anfing, für sie zu arbeiten, sagte sie mir, ich solle mit dem Rasenmäher vorsichtig sein. Ein paar Wochen zuvor war ein Landstreicher an ihrem Haus vorbeigekommen und hatte nach Arbeit gefragt, damit er sich ein Hotelzimmer nehmen und etwas zu essen kaufen könne, und sie hatte gesagt: »Sie können den Rasen mähen.«

»Danke, gnädige Frau«, hatte der Landstreicher gesagt, war losgezogen und hatte sich prompt mit diesem mittelalterlichen Apparat drei Finger seiner rechten Hand abgeschnitten.

Ich war immer sehr vorsichtig mit diesem Rasenmäher, weil ich wusste, dass irgendwo ums Haus herum sich drei Finger einen Mordsspaß daraus machten, überall herumzuspuken. Sie waren auf die Gesellschaft meiner Finger nicht angewiesen. Meine Finger nahmen sich an meinen Händen einfach prima aus.

Ich säuberte ihren Steingarten und schaffte Schlangen weg, wenn ich irgendwo welche sah. Sie sagte mir, ich solle sie umbringen, aber es brachte doch nichts, wenn ich irgendeine harmlose Ringelnatter ins Jenseits beförderte. Aber irgendwie musste ich diese Dinger wegschaffen, weil die alte Frau mir regelmäßig ankündigte, sie würde einen Herzanfall bekommen, wenn sie je auf eine träte.

Also fing ich die Schlangen und brachte sie in einen Garten auf der anderen Straßenseite, wo wahrscheinlich neun alte Damen Herzanfälle bekamen und daran starben, dass sie die Schlangen in ihren Zahnbürsten fanden. Glücklicherweise war ich nie da, wenn ihre Leichen weggebracht wurden.

Ich jätete die Brombeerbüsche, die zwischen den Fliederbüschen der alten Frau wuchsen. Ab und zu gab sie mir einen Fliederstrauß mit nach Hause, und es war immer ein sehr hübscher Fliederstrauß, und es war schön, damit die Straße entlangzugehen und den Flieder hoch und stolz in die Gegend zu halten, als hielte man Gläser mit diesem weltberühmten Kindergetränk in der Hand: dem guten alten Blumenwein.

Ich hackte auch das Holz für ihren Ofen. Sie kochte auf einem Holzofen, und im Winter heizte sie das Haus mit einem riesigen Heizofen, den sie wie der

Kapitän eines U-Boots in einem dunklen Kellerozean bediente.

Im Sommer warf ich Klafter um Klafer Holz in ihren Keller, bis ich ganz blöd im Kopf war und alles für mich nur noch wie Holz aussah, sogar die Wolken am Himmel, die Autos, die auf der Straße standen, und die Katzen.

Es gab Dutzende von kleinen Dingen, die ich für sie tat. Suchte einen Schraubenzieher, der 1911 verloren gegangen war. Pflückte ihr im Frühling einen Topf voll Kirschen für einen Kuchen und pflückte den Rest der Kirschen auf dem Baum für mich selber. Beschnitt diese dämlichen Bäume im Hinterhof, die schon halb hinüber waren; die Bäume, die neben einem alten Holzstapel wuchsen. Jätete Unkraut.

An einem Tag im Frühherbst lieh sie mich an die Frau nebenan aus, und ich flickte ein kleines Loch im Dach ihres Holzschuppens. Die Frau gab mir einen Dollar Trinkgeld, und ich bedankte mich, und als es das nächste Mal regnete, wurden alle Zeitungen, die sie seit siebzehn Jahren zum Feuermachen aufgehoben hatte, völlig nass. Von da an erntete ich jedes Mal, wenn ich an ihrem Haus vorbeikam, einen finsteren Blick. Ich konnte noch von Glück sagen, dass ich nicht gelyncht wurde.

Im Winter arbeitete ich nicht für die alte Dame. Mein Jahr endete mit dem letzten Tag im Oktober, wenn ich das Laub oder sonst etwas zusammenharkte, oder die letzte brummelnde Ringelnatter zu ihrem Winterquartier im Zahnbürstenwalhalla der alten Damen auf der anderen Straßenseite brachte.

Sie rief mich dann im Frühjahr immer wieder an. Ich war immer wieder überrascht, wenn ich ihre dünne Stimme hörte, überrascht, dass sie noch lebte. Ich stieg auf mein Pferd, ritt zu ihrem Haus hinaus, und das Ganze begann wieder von vorne, und ich verdiente ein paar Dollar und streichelte das sonnenwarme Fell ihres ausgestopften Hundes.

An einem Frühlingstag schickte sie mich auf den Dachboden, wo ich ein paar alte Schachteln mit allerhand Zeug aufräumen, altes Zeug wegwerfen und andere Sachen an ihren imaginären richtigen Platz stellen musste.

Ich war drei Stunden lang ganz alleine da oben. Es war Gott sei Dank das erste und das letzte Mal. Der Dachboden war bis obenhin vollgestopft.

Alles, was es auf der Welt an alten Sachen gibt, war da oben. Die meiste Zeit schaute ich mich bloß um.

Eine alte Truhe fiel mir ins Auge. Ich öffnete die Beschläge, klappte verschiedene Klappschlösser auf und machte das gottverdammte Ding auf. Es war bis obenhin voll mit altem Angelzeug – alten Ruten, Rollen, Schnüren, Stiefeln und Körben, und da lag auch noch eine Blechschachtel voller Fliegen, Köder und Angelhaken.

An ein paar Haken hingen immer noch Würmer. Die Würmer waren Jahre und Jahrzehnte alt und waren an den Haken versteinert. Sie waren jetzt genauso ein Teil der Haken wie das Metall selber.

In der Truhe lag eine alte Forellenfischen-in-Amerika-Rüstung, und neben einem alten verwitterten Fischerhelm sah ich ein altes Tagebuch. Ich schlug die erste Seite des Tagebuchs auf, und da stand:

Das Forellenfischen-Tagebuch des Alonso Hagen

Es kam mir so vor, als sei das der Name des Bruders der alten Dame, der als junger Mann an einem seltsamen Leiden gestorben war – eine Tatsache, die ich herausgefunden hatte, indem ich meine Ohren aufgesperrt und mir eine große Fotografie angeschaut hatte, die einem im Wohnzimmer der alten Dame sofort in die Augen fiel.

Ich schlug die nächste Seite des alten Tagebuchs auf, und da war Folgendes in Spalten eingetragen:

Die Fahrten und die verlorenen Forellen

7. April 1891	Verlorene Forellen	8
15. April 1891	Verlorene Forellen	6
23. April 1891	Verlorene Forellen	12
13. Mai 1891	Verlorene Forellen	9
23. Mai 1891	Verlorene Forellen	15
24. Mai 1891	Verlorene Forellen	10
25. Mai 1891	Verlorene Forellen	12
2. Juni 1891	Verlorene Forellen	18
6. Juni 1891	Verlorene Forellen	15
17. Juni 1891	Verlorene Forellen	7
19. Juni 1891	Verlorene Forellen	10
23. Juni 1891	Verlorene Forellen	14

4. Juli	1891	Verlorene Forellen	13
23. Juli	1891	Verlorene Forellen	11
10. August	1891	Verlorene Forellen	13
17. August	1891	Verlorene Forellen	8
20. August	1891	Verlorene Forellen	12
29. August	1891	Verlorene Forellen	21
3. September	1891	Verlorene Forellen	10
11. September	1891	Verlorene Forellen	7
19. September	1891	Verlorene Forellen	5
23. September	1891	Verlorene Forellen	3

Fahrten insgesamt   22

Verlorene Forellen insgesamt   239

Durchschnittlich verlorene Forellen je Fahrt   10,8

Ich blätterte zur nächsten Seite um, und sie sah genauso aus wie die Seite davor, außer dass man jetzt das Jahr 1892 schrieb, und Alonso Hagen hatte 24 Fahrten gemacht und 317 Forellen verloren bei einem Durchschnitt von 13,2 verlorenen Forellen je Fahrt.

Auf der nächsten Seite war es 1893, und es waren insgesamt 33 Fahrten und 480 verlorene Forellen bei einem Durchschnitt von 14,5 verlorenen Forellen je Fahrt.

Auf der nächsten Seite war es 1894. Er machte 27 Fahrten und verlor 349 Forellen bei einem Durchschnitt von 12,9 verlorenen Forellen je Fahrt.

Auf der nächsten Seite war es 1895. Er machte 41 Fahrten und verlor 730 Forellen bei einem Durchschnitt von 17,8 verlorenen Forellen je Fahrt.

Auf der nächsten Seite war es 1896. Alonso Hagen machte nur 12 Fahrten und verlor 115 Forellen bei einem Durchschnitt von 9,5 verlorenen Forellen je Fahrt.

Auf der nächsten Seite war es 1897. Er machte eine Fahrt und verlor eine Forelle bei einem Durchschnitt von einer verlorenen Forelle auf einer Fahrt.

Auf der letzten Seite des Tagebuchs stand das Gesamtergebnis für die Jahre 1891–1897. Alonso Hagen war 160mal fischen gegangen und hat dabei 2231 Forellen bei einem Siebenjahresdurchschnitt von 13,9 Forellen auf jedem Fischzug verloren.

Unter dem Gesamtergebnis stand ein kleiner Forellenfischen-in-Amerika-Grabspruch von Alonso Hagen. Er lautete ungefähr so:

Mir reicht es.
Ich gehe jetzt seit sieben Jahren fischen
und habe keine einzige Forelle gefangen.
Ich habe jede Forelle verloren,
die ich je am Haken hatte.
Entweder springen sie weg
oder sie drehen sich los
oder sie winden sich los
oder zerreißen die Leine
oder zappeln sich frei
oder verduften einfach so.
Ich habe nie eine Forelle in die Finger bekommen.
Bei allem Misserfolg
war es aber wohl doch ein interessantes Experiment

mit den Phänomenen Totalverlust
und totales Scheitern.
Aber nächstes Jahr muss jemand anders
Forellenfischen gehen.
Jemand anders muss dann da draußen
bestehen.

DAS HANDTUCH

Wir kamen die Straße vom Lake Josephus und die Straße von Seafoam herunter. Unterwegs hielten wir an, um einen Schluck Wasser zu trinken. Im Wald stand ein kleines Denkmal. Ich ging zu dem Denkmal hinüber, um zu sehen, was damit los war. Die Glastür des Aussichtshäuschens stand ein Stück offen, und auf der anderen Seite hing ein Handtuch.

In der Mitte des Denkmals war eine Fotografie zu sehen. Es war die klassische Waldansicht, die ich schon von früher kannte, ein Bild aus dem Amerika der zwanziger und dreißiger Jahre.

Auf dem Foto sah man einen Mann, der große Ähnlichkeit mit Charles A. Lindbergh hatte. Er hatte genau dieselbe noble SPIRIT OF ST. LOUIS-Aura und denselben entschlossenen Gesichtsausdruck, nur dass sein Nordatlantik die Wälder Idahos waren.

Eine Frau schmiegte sich an ihn. Sie war eine dieser wunderbaren anschmiegsamen Frauen der Vergangenheit, und sie trug die Hosen, die man damals trug, und diese hohen Schnürstiefel.

Sie standen auf der Veranda des Aussichtshäuschens. Der Himmel war hinter ihnen, nicht mehr als ein paar Meter von ihnen entfernt. Die Leute hatten damals eine Vorliebe für dieses Motiv und ließen sich gern in einer solchen Umgebung ablichten.

Auf dem Denkmal war eine Inschrift. Sie lautete: »Zum Gedenken an Charley J. Langer, Ranger im Challis-Nationalpark, an Flugkapitän Bill Kelly und Co-Pilot Arthur A. Crofts von der U. S. Army, die am 5. April 1943 in der Nähe dieses Denkmals bei einem Flugzeugabsturz ums Leben kamen, als sie nach den Überlebenden einer Bomberbesatzung suchten.«

Oh, weit weg oben in den Bergen bewahrt jetzt ein Foto das Gedächtnis eines Mannes. Das Foto ist ganz alleine da draußen. Und achtzehn Jahre nach dem Tod dieses Mannes fällt jetzt Schnee. Er verdeckt die Tür. Und er bedeckt das Handtuch.

SANDKASTEN MINUS JOHN DILLINGER
IST GLEICH WAS?

Ich kehre oft wieder zum Umschlag von *Forellenfischen in Amerika* zurück. Heute Morgen habe ich das Baby genommen und bin mit ihm da hinuntergegangen. Der Umschlag wurde gerade mit großen rotierenden Rasensprengern bewässert. Ich sah Brot im Gras liegen. Es war für die Tauben hingelegt worden.

Die alten Italiener machen immer solche Sachen. Das Brot war durch das Wasser zu einem Brei geworden, der aussah, als wäre er auf das Gras geklatscht worden. Diese lahmen Tauben warteten, bis das Wasser und das Gras ihnen das Brot vorgekaut hatten, damit sie es nicht mehr selber kauen mussten.

Ich ließ das Baby im Sandkasten spielen, setzte mich auf eine Bank und schaute mich um. Am anderen Ende der Bank saß ein Beatnik. Er hatte seinen Schlafsack neben sich und aß Apfeltaschen. Er hatte eine riesige Tüte voller Apfeltaschen bei sich und verschlang sie gierig mit einem kollernden Geräusch wie ein Truthahn. Das war wahrscheinlich eine wirksamere Protestaktion als die Blockade von Raketenbasen.

Die Kleine spielte im Sandkasten. Sie hatte ein rotes Kleid an, und hinter ihrem roten Kleid ragte die katholische Kirche in den Himmel. Zwischen ihrem Kleid und der Kirche stand ein Toilettenhäuschen aus Backstein. Es stand nicht zufällig da. Die Damen links und die Herren rechts.

Ein rotes Kleid, dachte ich. Hatte nicht die Frau, die John Dillinger an das FBI verpfiffen hatte, ein rotes Kleid getragen? Sie hatten sie »Die Frau in Rot« genannt.

Ich glaube, dass ich recht hatte. Es war ein rotes Kleid gewesen, aber bis jetzt war von John Dillinger weit und breit nichts zu sehen. Meine Tochter spielte alleine im Sandkasten.

Sandkasten minus John Dillinger ist gleich was?

Der Beatnik stand auf und trank einen Schluck an dem Trinkwasserbecken, das an die Wand des Toilettenhäuschens gekreuzigt war; es war seitlich versetzt, näher bei den Herren als bei den Damen. Er musste diese ganzen Apfeltaschen runterspülen.

Im Park waren drei Rasensprenger in Betrieb. Einer stand vor der Statue Benjamin Franklins, einer daneben und einer direkt dahinter. Sie drehten sich alle im Kreis. Durch das Wasser sah ich, wie Benjamin Franklin geduldig dastand.

Der Rasensprenger neben Benjamin Franklin spritzte den Baum auf der linken Seite an. Das Wasser spritzte mit Wucht gegen den Baumstamm und riss ein paar Blätter vom Baum, und dann spritzte es gegen den Baum in der Mitte, spritzte mit Wucht gegen den Stamm und riss wieder ein paar Blätter ab. Dann spritzte der Rasensprenger Benjamin Franklin an, das Wasser schoss am Stein herunter, und ein feiner Sprühregen ergoss sich über alle. Benjamin Franklin bekam nasse Füße.

Die Sonne brannte auf mich herunter. Sie war hell und heiß. Nach einiger Zeit merkte ich, wie ungemütlich es in der Sonne war. Der einzige Schatten, der weit und breit zu sehen war, fiel auf den Beatnik.

Der Schatten kam von der Lillie-Hitchcock-Coit-Statue, die einen metallischen Feuerwehrmann darstellt, der eine metallische Frau aus einem imaginären Feuer rettet. Der Beatnik lag jetzt auf der Bank, und der Schatten war einen halben Meter länger als er.

Ein Freund von mir hat ein Gedicht über diese Statue geschrieben. Wenn er doch bloß noch ein Gedicht über die Statue schreiben würde, damit sie einen Schatten auf mich wirft, der einen halben Meter länger ist als mein Körper.

Ich hatte recht gehabt mit der »Frau in Rot«, denn zehn Minuten später knallten sie John Dillinger im Sandkasten ab. Das Geräusch der Maschinenpistolen scheuchte die Tauben auf, und sie verdrückten sich schnell in die Kirche.

Meine Tochter wurde dabei beobachtet, wie sie kurz darauf in einem riesigen schwarzen Wagen davonfuhr. Sie konnte noch nicht reden, aber das machte nichts aus. Das rote Kleid genügte.

John Dillingers Leiche lag zur Hälfte im Sandkasten und zur Hälfte außerhalb, etwas näher bei den Damen als bei den Herren. Er blutete, und das Blut sah aus wie diese Kapseln, die wir immer zusammen mit Oleo-Margarine benutzten, damals in den guten alten Zeiten, als Oleomargarine noch so weiß war wie Schweineschmalz und wir sie mit den Kapseln färbten, damit sie aussah wie Butter.

Der riesige schwarze Wagen fuhr los und die Straße hinauf. Sein Dach blitzte schwarz auf wie Fledermauslicht. Er hielt vor der Eisdiele an der Ecke Filbert und Stockton Street.

Ein Agent stieg aus, ging hinein und kaufte zweihundert Eistüten mit zwei Kugeln. Er brauchte einen Schubkarren, um sie zum Wagen zu schaffen.

ALS ICH FORELLENFISCHEN IN AMERIKA ZUM LETZTEN MAL SAH

Das letzte Mal, dass wir uns sahen, war im Juli am Big Wood River, zehn Meilen von Ketchum entfernt. Es war kurz nachdem Hemingway sich dort umgebracht hatte, aber damals wusste ich noch nichts von seinem Tod. Ich erfuhr erst davon, als ich Wochen danach nach San Francisco zurückkam und ein Heft der Zeitschrift *Life* in die Hand bekam. Auf dem Umschlag war ein Foto von Hemingway.

Mal sehen, was Hemingway so alles macht, dachte ich. Ich schlug das Heft auf und blätterte die Seiten durch, bis ich zu seinem Tod kam. Forellenfischen in Amerika hatte vergessen, mir davon zu erzählen. Er hat bestimmt davon gewusst. Es ist ihm wahrscheinlich einfach entfallen.

Die Frau, die mit mir durch die Gegend reist, hatte ihre Tage und litt unter starken Krämpfen. Sie wollte sich ein bisschen ausruhen, und deshalb nahm ich das Baby und meine Spinnrute und ging zum Big Wood River hinunter. Dort habe ich Forellenfischen in Amerika getroffen.

Ich warf einen Spinnköder aus, ließ ihn mit der Strömung flussabwärts treiben und hielt ihn dann in Ufernähe auf dem Wasser. Er tänzelte auf dem Wasser, und Forellenfischen in Amerika passte auf das Baby auf, während wir uns unterhielten.

Ich weiß noch, dass er ihr ein paar kleine bunte Steine zum Spielen gab. Sie mochte ihn, kletterte auf seinen Schoß und steckte ihm nacheinander die Steine in die Hemdtasche.

Wir unterhielten uns über Great Falls, Montana. Ich erzählte Forellenfischen in Amerika von einem Winter, den ich als Kind in Great Falls verbracht hatte. »Das war während des Krieges, und ich habe mir siebenmal einen Film mit Deanna Durbin angeschaut«, sagte ich.

Das Baby steckte einen blauen Stein in die Hemdtasche von Forellenfischen in Amerika, und er sagte: »Ich bin schon oft in Great Falls gewesen. Ich erinnere mich noch an die Indianer und die Pelzhändler. Ich erinnere mich noch an Lewis und Clark, aber ich kann mich nicht daran erinnern, dass ich jemals einen Deanna-Durbin-Film in Great Falls gesehen hätte.«

»Ich weiß schon, was du meinst«, sagte ich. »Die anderen Leute in Great Falls waren von Deanna Durbin auch nicht so begeistert wie ich. Das Kino war immer leer. Und im Kino war eine Dunkelheit, die anders war als die Dunkelheit in den Kinos, in denen ich seither gewesen bin. Vielleicht lag es am Schnee draußen und an Deanna Durbins schwarzer Haut im Kino. Ich weiß nicht, woran es gelegen hat.«

»Wie hat denn der Film geheißen?«, fragte Forellenfischen in Amerika.

»Das weiß ich nicht mehr«, sagte ich. »Sie hat viel gesungen. Vielleicht war sie ein Revuemädchen, das aufs
College gehen wollte, oder sie war reich, oder sie
brauchte Geld für etwas, oder sie machte irgendetwas.
Aber egal, was es war – sie sang jedenfalls. Und sang!
Aber ich kann mich verdammt noch mal an kein einziges Wort erinnern.

An einem Nachmittag, an dem ich wieder einmal den
Film mit Deanna Durbin gesehen hatte, ging ich zum
Missouri hinunter. Er war teilweise zugefroren. Ich erinnere mich auch noch an eine Eisenbahnbrücke. Ich war
sehr erleichtert, als ich sah, dass der Missouri sich noch
nicht verändert hatte und langsam so aussah wie Deanna
Durbin.

Ich war ja noch ein Kind und bildete mir ein, dass ich
zum Missouri hinuntergehen würde und dass er dann
genauso aussähe wie ein Film mit Deanna Durbin – wie
ein Film über ein Revuemädchen, das aufs College gehen wollte, oder ein Film über ein reiches Mädchen
oder darüber, dass sie Geld für irgendwas brauchte oder
dass sie irgendwas machte.

Ich weiß bis heute noch nicht, warum ich den Film
siebenmal gesehen habe. Er war genauso tödlich wie
Das Kabinett des Dr. Caligari. Ich frage mich, ob der Missouri immer noch da ist«, sagte ich.

»Ja, er ist noch da«, sagte Forellenfischen in Amerika
lächelnd. »Aber er sieht nicht aus wie Deanna Durbin.«

Das Baby hatte inzwischen ungefähr ein Dutzend der bunten Steine in die Hemdtasche von Forellenfischen in Amerika gesteckt. Er schaute mich an, lächelte und wartete darauf, dass ich noch mehr über Great Falls erzählte, aber genau in diesem Augenblick spürte ich einen ziemlichen Ruck an meinem Spinnköder. Ich riss die Angel zurück, und der Fisch war weg.

Forellenfischen in Amerika sagte: »Ich kenne den Fisch, der da gerade angebissen hat. Den fängst du nie.«

»Oh«, sagte ich.

»Entschuldige bitte«, sagte Forellenfischen in Amerika. »Mach nur weiter und versuch, ob du ihn fangen kannst. Er wird noch ein paar Mal anbeißen, aber du fängst ihn nicht. Er ist nicht besonders klug. Er hat bloß Glück. Und manchmal ist das alles, was man braucht.«

»Ja«, sagte ich. »Da hast du recht.«

Ich warf die Leine wieder aus und erzählte weiter von Great Falls.

Dann zählte ich in genauer Reihenfolge die zwölf unwichtigsten Dinge auf, die je über Great Falls, Montana, gesagt worden sind. Als zwölftes und allerunwichtigstes Ding sagte ich: »Ja, das Telefon klingelte am Morgen immer. Ich musste aus dem Bett. Ich brauchte aber nicht ans Telefon zu gehen, dafür war schon auf Jahre im Voraus gesorgt worden.

Draußen war es immer noch dunkel, und die gelbe Tapete des Hotelzimmers prallte immer vor dem Licht der Glühbirne zurück. Ich zog mich an und ging nach unten in das Restaurant, in dem mein Stiefvater die ganze Nacht kochte.

Ich frühstückte. Pfannkuchen, Eier und allerhand andere Sachen. Dann packte er das Mittagessen für mich zusammen, und es war immer dasselbe: ein Stück Kuchen und kaltes, steinhartes Sandwich mit Schweinebraten. Danach ging ich in die Schule. Ich meine, wir waren zu dritt, die Heilige Dreifaltigkeit: ich, ein Stück Kuchen und ein kaltes, steinhartes Sandwich mit Schweinebraten. So ging es monatelang.

Glücklicherweise hat es eines Tages aufgehört, ohne dass ich etwas Ernsthaftes dazu beitragen musste, wie zum Beispiel erwachsen zu werden. Wir packten unsere Sachen und verließen die Stadt in einem Bus. Das war also Great Falls, Montana. Und der Missouri ist immer noch da, sagst du?«

»Ja, aber er sieht nicht aus wie Deanna Durbin«, sagte Forellenfischen in Amerika. »Ich erinnere mich noch an den Tag, an dem Lewis die Wasserfalle entdeckt hat. Sie verließen ihr Lager bei Sonnenaufgang, und ein paar Stunden später kamen sie auf eine wunderschöne Ebene, und auf dieser Ebene waren mehr Büffel, als sie je zuvor auf einem Fleck gesehen hatten.

Sie gingen weiter, bis sie in der Ferne das Geräusch eines Wasserfalls hörten und eine sprühende Wassersäule sahen, die nach oben stieg und wieder verschwand. Sie folgten dem Geräusch, das immer lauter und lauter wurde. Einige Zeit später war das Geräusch ganz gewaltig angewachsen, und sie waren an den großen Wasserfällen des Missouri. Es war ungefähr Mittag, als sie ankamen.

An diesem Nachmittag passierte etwas Hübsches: Sie fischten unter den Fällen und fingen ein halbes Dutzend Forellen, ziemliche Brocken, die zwischen vierzig und sechzig Zentimeter lang waren.

Das war am 13. Juni 1805.

Nein, ich glaube, Lewis hätte kein Verständnis dafür gehabt, wenn der Missouri River plötzlich so ausgesehen hätte wie ein Deanna-Durbin-Film, wie ein Film über ein Revuemädchen, das aufs College gehen wollte«, sagte Forellenfischen in Amerika.

IM KALIFORNISCHEN BUSCH

Ich bin vom Forellenfischen in Amerika nach Hause gekommen, der Highway hat mir seinen langen glatten Anker um den Hals gelegt und ging dann zu Ende. Jetzt wohne ich also hier. Ich habe mein ganzes Leben lang gebraucht, um hierher zu kommen, um in diese seltsame Hütte oberhalb von Mill Valley zu kommen.

Wir wohnen bei Pard und seiner Freundin. Sie haben eine Hütte für drei Monate, vom 15. Juni bis zum 15. September, für hundert Dollar gemietet. Wir sind ein seltsamer Haufen, der hier oben zusammenlebt.

Pards Eltern waren Wanderarbeiter. Er wurde in Britisch Nigeria geboren, kam im Alter von zwei Jahren nach Amerika und wuchs auf Ranches in Oregon, Washington und Idaho auf.

Er war im Zweiten Weltkrieg MG-Schütze, kämpfte gegen die Deutschen. Er stand in Frankreich und Deutschland. Sergeant Pard. Dann kam er aus dem Krieg zurück und ging auf irgendein Dorfcollege in Idaho.

Als er das College abgeschlossen hatte, ging er nach Paris und wurde Existenzialist. Er ließ sich zusammen mit dem Existenzialismus in einem Straßencafé fotografieren. Pard trug einen Bart, und er sah aus, als hätte er eine riesige Seele, die so groß war, dass sie in seinem Körper kaum Platz fand.

Als Pard aus Paris nach Amerika zurückkam, arbeitete er auf einem Schlepper in der Bucht von San Francisco und als Eisenbahnarbeiter im Lokomotivschuppen von Filer, Idaho.

Natürlich heiratete er während dieser Zeit und hatte ein Kind. Die Frau und das Kind sind verschwunden, sind wie Äpfel vom launischen Wind des zwanzigsten Jahrhunderts fortgeweht worden. Wahrscheinlich weht dieser Wind in allen Jahrhunderten. Die Familie, die im Herbst auseinandergetrieben wurde.

Als er sich von seiner Frau getrennt hatte, ging er nach Arizona und arbeitete als Reporter und Redakteur bei verschiedenen Zeitungen. Er hing in den Kneipen von Naco, einer mexikanischen Grenzstadt, herum, trank *Meszal Triunfo*, spielte Karten und schoss jede Menge Löcher in das Dach seines Hauses.

Pard erzählt gern die Geschichte, wie er eines Morgens völlig verkatert und mit einem dicken Brummschädel in Naco aufgewacht ist. Ein Freund saß am Tisch und hatte eine Flasche Whiskey neben sich.

Pard streckte den Arm aus, griff sich eine Pistole von einem Stuhl, zielte auf die Whiskeyflasche und drückte ab. Sein Freund saß danach von Glassplittern übersät und mit Blut und Whiskey bespritzt auf seinem Stuhl. »Was soll denn der Scheiß?«, sagte er.

Pard ist jetzt Ende dreißig und arbeitet für $ 1,35 in einer Druckerei. Es ist eine avantgardistische Druckerei. Sie drucken Gedichte und experimentelle Prosa. Sie zahlen ihm $ 1,35 dafür, dass er an einer Linotype-maschine arbeitet. Ein Linotypesetzer, der für $ 1,35 die Stunde arbeitet, ist schwer zu finden, wenigstens außerhalb Hongkongs und Albaniens.

Manchmal, wenn er in die Druckerei geht, haben sie nicht einmal genug Blei für ihn da. Sie kaufen ihr Blei wie Seife, immer nur ein oder zwei Stück auf einmal.

Pards Freundin ist Jüdin. Sie ist vierundzwanzig Jahre alt, hat gerade eine schwere Hepatitis hinter sich und zieht Pard mit einem Aktfoto von sich auf, das möglicherweise im *Playboy* erscheint.

»Du musst dir doch deswegen keine grauen Haare wachsen lassen«, sagt sie. »Wenn sie das Foto abdrucken, dann heißt das doch bloß, dass 12 000 000 Männer meinen Busen anstarren.«

Sie findet das alles sehr lustig. Ihre Eltern haben Geld. Während sie hier im kalifornischen Busch im Nebenzimmer sitzt, steht sie gleichzeitig auf der Gehaltsliste ihres Vaters in New York.

Wir essen lustige Sachen, und was wir trinken, ist noch komischer: Truthahn, Gallo-Portwein, Hotdogs, Wassermelonen, Popeye-Popcorn, Lachskroketten, Frappés, Christian-Brothers-Portwein, Roggenbrot, in das Orangenschalen eingebacken waren, Honigmelonen, Popcorn, Salate, Käse – Alkohol, Fressalien und Popcorn.

Popcorn?

Wir lesen Bücher wie *Tagebuch eines Diebes*, *Set This House on Fire*, *The Naked Lunch*, Krafft-Ebing. Krafft-Ebing lesen wir die ganze Zeit laut, als wäre er ein Fertigmenü von Kraft.

»Der Bürgermeister einer kleinen Stadt im östlichen Portugal wurde dabei beobachtet, wie er eines Morgens einen Schubkarren voller Geschlechtsteile ins Rathaus schob. Er stammte aus einer berüchtigten Familie. Er trug einen Frauenschuh in der Gesäßtasche. Er hatte ihn die ganze Nacht in der Tasche getragen.« Solche Sachen bringen uns zum Lachen.

Die Frau, der die Hütte gehört, kommt im Herbst wieder zurück. Sie verbringt den Sommer in Europa. Wenn sie wieder da ist, verbringt sie immer nur einen Tag in der Woche hier draußen: den Samstag. Sie bleibt nie die Nacht über hier, weil sie Angst hat. Hier draußen ist irgendetwas, das ihr Angst macht.

Pard und seine Freundin schlafen in der Hütte, das Baby schläft im Keller, und wir schlafen draußen unter dem Apfelbaum, wachen in der Morgendämmerung auf, schauen über die Bucht von San Francisco hinüber, schlafen dann wieder ein und wachen noch einmal auf und erleben etwas sehr Seltsames, und danach schlafen wir wieder ein, wachen bei Sonnenaufgang auf und schauen über die Bucht hinüber.

Danach schlafen wir wieder ein, und die Sonne steigt ununterbrochen höher und höher und bleibt dann oben in den Ästen eines Eukalyptusbaums, der nur ein Stückchen weiter unten am Abhang steht, uns kühlt und im Schatten schlafen lässt. Schließlich ergießt sich die Sonne über den Baumwipfel, und dann müssen wir aufstehen, weil sie heiß auf uns herunterbrennt.

Wir gehen ins Haus, wo eine zweistündige Quassel-phase einsetzt, die wir Frühstück nennen. Wir sitzen herum und fangen uns langsam wieder, behandeln uns wie zerbrechliches Porzellan, und wenn wir den letzten Tropfen des letzten Tropfens vom letzten Tropfen Kaffee getrunken haben, dann ist es Zeit, übers Mittagessen nachzudenken oder zum Trödelladen in Fairfax zu gehen.

So leben wir also hier im kalifornischen Busch ober-halb von Mill Valley. Wir könnten direkt auf die Main Street von Mill Valley hinunterschauen, wenn der Euka-lyptusbaum nicht wäre. Wir müssen den Wagen hundert Meter entfernt abstellen und durch einen tunnelartigen Pfad heraufgehen.

Wenn alle Deutschen, die Pard im Krieg mit seinem Maschinengewehr umgebracht hat, hier heraufkämen und sich in ihren Uniformen um die Hütte aufbauten, dann würde uns das ganz schön nervös machen.

Den ganzen Weg herauf riecht man den warmen süßen Geruch von Brombeeren, und am späten Nach-mittag versammeln sich Wachteln um einen toten un-geliebten Baum, der wie eine verschmähte Braut über den Pfad gestürzt ist. Manchmal gehe ich hinunter und scheuche die Wachteln ein bisschen auf. Ich gehe nur hinunter, damit sie ihre Hintern ein bisschen bewegen.

Es sind so schöne Vögel. Sie breiten die Flügel aus und segeln den Hügel hinunter.

Oh, der da ist zum König geboren! Der da, der durch die Ginsterbüsche hinunterfliegt und über ein Auto, das umgekippt im gelben Gras liegt, gleitet. Der da mit seinen großen Flügeln.

Letzte Woche wachte ich eines Morgens während der Dämmerung unter dem Apfelbaum auf und hörte das Bellen eines Hundes und schnellen Hufschlag auf mich zukommen. Der Klang des Jahrtausends? Eine Invasion von Russen, die alle auf Rehfüßen daherkommen?

Ich machte die Augen auf und sah ein Tier, das direkt auf mich zulief. Es war ein Hirsch mit einem großen Geweih. Ein Polizeihund war hinter ihm her.

Kläffkläffscheiße! Krachwummwummwummwumm-wummwummwumm! WUMM! WUMM!

Der Hirsch wich nicht aus. Er lief einfach direkt auf mich zu, obwohl er mich schon längst gesehen hatte und schon ein oder zwei Sekunden vergangen waren.

Kläffkläffscheiße! Krachwummwummwummwumm-wummwummwumm! WUMM! WUMM!

Ich hätte die Hand ausstrecken und ihn anfassen können, als er vorbeikam.

Er rannte ums Haus herum, umkreiste das Klohäuschen, und der Hund war ihm immer dicht auf den Fersen. Sie verschwanden hinter dem Hügel und zogen Luftschlangen aus Klopapier hinter sich her, die sich in den Büschen und Weinstöcken verfingen.

Dann tauchte die Hirschkuh auf. Sie kam denselben

Weg herauf, aber nicht so schnell. Vielleicht dachte sie an Erdbeeren.

»Wuuu!«, schrie ich. »Genug ist genug! Ich verkauf doch keine Zeitungen!«

Das Reh blieb in zehn Meter Entfernung ganz abrupt stehen, machte kehrt und rannte bergab und um den Eukalyptusbaum herum.

Ja, so geht das also schon seit Tagen. Kurz bevor sie kommen, wache ich auf. Ich wache für sie auf, so wie ich für die Dämmerung und den Sonnenaufgang aufwache. Und spüre plötzlich, dass sie wieder unterwegs sind.

DIE LETZTE ERWÄHNUNG VON FORELLENFISCHEN IN AMERIKA SHORTY

Am Samstag war der erste Herbsttag, und vor der Saint-Francis-Kirche gab es ein Volksfest. Es war ein heißer Tag, und das Riesenrad drehte sich in der Luft wie ein Thermometer, das zu einem Reifen gebogen wurde und plötzlich musikalisch geworden ist.

Aber das hängt alles mit einer anderen Zeit zusammen, mit der Zeit, in der wir meine Tochter machten. Wir waren gerade in eine neue Wohnung gezogen, und das Licht war noch nicht angeschlossen. Wir standen mitten unter lauter unausgepackten Schachteln voller Zeugs, und eine Kerze brannte wie Milch auf einer Untertasse. Also schoben wir eine Nummer ein, und es war ganz bestimmt die richtige.

Ein Freund schlief in einem der anderen Zimmer. Ich hoffe jetzt, zurückblickend, dass wir ihn nicht aufgeweckt haben, obwohl er seither schon Hunderte von Malen aufgeweckt wurde und wieder eingeschlafen ist.

Während der Schwangerschaft betrachtete ich unschuldig diesen Mittelpunkt des Körpers, diese beständig wachsende Wölbung, und hatte keine Ahnung, dass das Kind darin jemals Forellenfischen in Amerika Shorty kennenlernen würde.

Am Samstagnachmittag gingen wir zum Washington Square hinunter. Wir setzten das Baby ins Gras, und es rannte auf Forellenfischen in Amerika Shorty zu, der unter den Bäumen neben der Statue Benjamin Franklins saß.

Er saß auf dem Boden und lehnte sich an den Baum, der auf der rechten Seite steht. Auf seinem Rollstuhl lagen ein paar Knoblauchwürste und Brot. Das Ganze sah aus wie ein Ladentisch in einem seltsamen Lebensmittelgeschäft.

Das Baby rannte zum Rollstuhl und versuchte, sich eine der Würste zu schnappen.

Forellenfischen in Amerika Shorty war sofort hellwach, aber dann sah er, dass es ein Baby war, und beruhigte sich wieder. Er versuchte, die Kleine dazu zu überreden, dass sie zu ihm kam und sich auf seinen beinlosen Schoß setzte. Sie versteckte sich hinter seinem Rollstuhl, starrte ihn durch das Metallgestänge an und hielt sich an einem Rad fest.

»Komm doch mal her, Kleine«, sagte er. »Komm mal her und schau dir den alten Forellenfischen in Amerika Shorty an.«

Genau in diesem Augenblick wurde die Statue Benjamin Franklins grün wie eine Verkehrsampel, und das Baby bemerkte den Sandkasten am anderen Ende des Parks.

Der Sandkasten gefiel ihm plötzlich besser als Forellenfischen im Amerika Shorty. Und es machte sich auch nichts mehr aus seinen Würsten.

Es beschloss, die Grünphase auszunutzen, und ging hinüber zum Sandkasten.

Forellenfischen in Amerika Shorty schaute hinter ihm her, als sei der Raum zwischen ihnen ein Fluss, der immer breiter und breiter wurde.

ZEUGE FÜR FORELLENFISCHEN-
IN-AMERIKA-FRIEDEN

Letztes Jahr um Ostern hielten sie in San Francisco eine Forellenfischen-in-Amerika-Friedensparade ab. Sie ließen Tausende von roten Aufklebern drucken, und sie klebten sie auf ihre kleinen ausländischen Autos und auf diverse Kommunikationsmittel, wie zum Beispiel Telefonmasten.

Auf den Aufklebern stand ZEUGE FÜR FORELLEN-FISCHEN-IN-AMERIKA-FRIEDEN.

Dann marschierte diese Gruppe von Kommunisten mit Highschool- und College-Ausbildung zusammen mit einigen kommunistischen Geistlichen und ihren marxistisch geschulten Kindern von Sunnyvale, einer vierzig Meilen entfernten Hochburg des Kommunismus, nach San Francisco.

Sie brauchten vier Tage für den Marsch nach San Francisco. Unterwegs übernachteten sie in verschiedenen Städten und schliefen in den Vorgärten und auf dem Rasen von Sympathisanten.

Sie trugen kommunistische Forellenfischen-in-Amerika-Friedenspropagandaplakate:

KEINE H-BOMBE AUF DAS ALTE FISCHLOCH!

ISAAC WALTON HÄTTE DIE BOMBE GEHASST!

ROYAL COACHMAN UND ANDERE FISCHFLIEGEN?

SI!

ICBM? NO!

Sie trugen noch viele andere Forellenfischen-in-Ame-
rika-Friedensbringer mit sich, die alle ganz auf der
kommunistischen Weltherrschaftslinie lagen: Gandhis
Trojanisches Pferd der Gewaltlosigkeit.

Als diese jungen, überzeugten, verführten Mitglieder
der kommunistischen Verschwörung den »Panhandle«
erreichten, den Stadtteil San Franciscos, in dem die aus
Oklahoma emigrierten Kommunisten ihr Unwesen
treiben, wurden sie schon von Tausenden anderer Kommunisten erwartet. Das waren alles Kommunisten, die
nicht besonders weit laufen konnten. Sie hatten kaum
genug Kraft, um in die Stadt zu gehen.

Tausende von Kommunisten marschierten, von der
Polizei beschützt, zum Union Square im Herzen San
Franciscos. Die Krawalle vor dem Rathaus hatten es 1960
ausreichend bewiesen – die Polizei hatte Hunderte von
Kommunisten entkommen lassen –, aber die Forellenfischen-in-Amerika-Friedensparade war der letzte Beweis einer unumstößlichen Tatsache: Polizeischutz.

Tausende von Kommunisten marschierten direkt ins Herz San Franciscos, und die jungen Leute wollten den Coit Tower in die Luft jagen, aber die kommunistische Geistlichkeit brachte sie von ihrem Vorhaben ab, und sie packten ihre Plastikbomben wieder weg.

»Alles nun, was ihr wollt, dass euch die Menschen tun, sollt ebenso auch ihr ihnen tun … Sprengstoffe werden nicht gebraucht«, sagten sie.

Amerika braucht keinen anderen Beweis. Der rote Schatten von Gandhis Trojanischem Pferd der Gewaltlosigkeit ist auf Amerika gefallen, und San Francisco ist sein Stall.

Das berühmte Schokoladenstückchen des verrückten Kindsverführers ist überflüssig geworden. Jetzt, in diesem Augenblick, verteilen kommunistische Agenten Zeuge-für-Forellenfischen-in-Amerika-Friedenstraktate an unschuldige Kinder, die in Cable Cars fahren.

FUSSNOTENKAPITEL ZU ROTE LIPPEN

Als wir im kalifornischen Busch lebten, hatten wir keine Müllabfuhr. Unser Müll wurde nie früh am Morgen von einem Mann mit breitem Lächeln und ein oder zwei freundlichen Worten begrüßt. Wir konnten den Müll nicht verbrennen, weil die trockene Jahreszeit war und weil schon die kleinste Unaufmerksamkeit genügt hätte, alles in Flammen aufgehen zu lassen, uns eingeschlossen. Eine Zeit lang machte uns der Müll zu schaffen, aber dann fanden wir eine Lösung.

Wir trugen den Müll zu drei verlassenen Häusern hinunter, die in einer Reihe nebeneinanderstanden. Wir schleppten Tüten voller Blechdosen, Papier, Obst- und Gemüseschalen, Flaschen und Popcorn hinunter.

Wir hielten am letzten der verlassenen Häuser, in dem Tausende alter Quittungen für den *San Francisco Chronicle* auf dem Bett verstreut waren, und die Zahnbürsten der Kinder lagen immer noch im Medizinschränkchen des Badezimmers.

Hinter dem Haus war ein altes Klohäuschen, zu dem man auf einem Pfad kam, an dem ein paar Apfelbäume

und seltsame Pflanzen wuchsen, von denen wir an-
nahmen, dass sie entweder ein gutes Gewürz waren, das
unserem Essen gut bekommen würde, oder aber die
Pflanzen waren Tollkirschen, die unserem Essen nicht
so gut bekommen würden.

Wir trugen den Müll zu dem Klohäuschen hinunter
und machten die Tür immer ganz langsam auf, weil
man sie nur so aufkriegte, und an der Wand hing eine
Rolle Klopapier, die so alt war, dass sie aussah wie eine
Verwandte, vielleicht eine Cousine, der Magna Charta.

Wir hoben den Klodeckel hoch und warfen den Müll
in die Dunkelheit hinunter. Das ging wochenlang so,
und dann war es auf einmal sehr lustig, wenn man den
Klodeckel hochhob und nicht mehr die Dunkelheit da
unten sah oder vielleicht den undeutlichen Umriss von
Müll, sondern hellen, strahlenden, richtigen Müll, der
fast bis an den oberen Rand reichte.

Wer sich da nicht auskannte und ganz unschuldig nur
einmal scheißen wollte, der hätte eine ganz schöne
Überraschung erlebt, wenn er den Deckel hochgeho-
ben hätte.

Wir verschwanden aus dem kalifornischen Busch
kurz bevor es notwendig geworden wäre, auf den Klo-
sitz zu steigen und in das Loch zu treten und den Müll
ganz fest wie ein Akkordeon in den Abgrund zu drü-
cken.

DER CLEVELAND-TRÖDELMARKT

Bis vor Kurzem wusste ich vom Cleveland-Trödelmarkt nur durch zwei Freunde, die dort etwas gekauft hatten. Einer von ihnen hatte sich ein riesiges Fenster gekauft: Rahmen, Glas und alles nur für ein paar Dollar. Es war ein sehr hübsches Fenster.

Dann schlug mein Freund ein Loch in die Wand seines Hauses auf dem Potrero Hill und setzte das Fenster ein. Er hat jetzt einen Panoramablick auf das Bezirkskrankenhaus San Francisco.

Er schaut praktisch direkt in die einzelnen Stationen hinein und sieht Zeitschriften, die von endloser Lektüre so zerfressen und verwittert sind wie der Grand Canyon. Er hört praktisch alles, was die Patienten über das Frühstück denken: Ich mag keine Milch, und was sie über das Abendessen denken: Ich mag keine Erbsen, und er sieht, wie das Krankenhaus langsam in der Nacht ertrinkt und sich hoffnungslos in riesigen Büscheln aus steinernem Seetang verfängt.

Er hat das Fenster im Cleveland-Trödelmarkt gekauft.

Mein anderer Freund hat sich im Cleveland-Trödelmarkt ein Blechdach gekauft, schaffte es in einem alten Kombi nach Big Sur und trug es dann auf dem Rücken einen Berghang hinauf. Er trug das halbe Dach auf dem Rücken. Es war alles andere als ein Spaziergang. Dann kaufte er sich in Pleasanton ein Maultier: George. George trug die andere Hälfte des Dachs hinauf.

Dem Maultier gefiel das überhaupt nicht. Es verlor eine ganze Menge Gewicht wegen der Zecken, und der Geruch der Wildkatzen auf dem Plateau machte es so nervös, dass es sich nicht zu grasen traute. Mein Freund sagte witzelnd, dass George ungefähr zweihundert Pfund verloren hätte. Das gute Weingebiet um Pleasanton im Livermore Valley hatte George wahrscheinlich sehr viel besser gefallen als die wilden Hänge des Santa-Lucia-Gebirges.

Mein Freund wohnte in einer Hütte direkt neben einem riesigen Kamin; der Kamin war der einzige Über-rest einer wunderschönen Villa, die sich ein berühmter Filmschauspieler in den zwanziger Jahren gebaut hatte. Die Villa war in einer Zeit gebaut worden, in der es noch nicht einmal eine Straße nach Big Sur hinunter gab. Sie war auf dem Rücken von Maultieren herange-schafft worden, die im Gänsemarsch wie Ameisen über die Berge zogen und dem Giftsumach, den Zecken und den Lachsen einen Traum vom schönen Leben brach-ten.

Die Villa stand auf einem Felsvorsprung, hoch über dem Pazifik. In den zwanziger Jahren gewährte einem Geld noch einen gewissen Weitblick, und man konnte von da oben hinausschauen und Wale sehen und die Inseln von Hawaii und die Kuomintang in China.

Die Villa ist vor Jahren abgebrannt.

Der Schauspieler starb.

Seine Maultiere wurden zu Seife gemacht.

Seine Mätressen wurden faltige Vogelnester.

Und jetzt steht nur noch der Kamin als eine Art karthagische Hommage für Hollywood da.

Vor ein paar Wochen war ich da, um mir das Dach meines Freundes anzuschauen. Ich hätte mir den Anblick um – wie es so schön heißt – nichts in der Welt entgehen lassen. Das Dach sah aus wie ein Sieb. Wenn dieses Dach und der Regen auf der Pferderennbahn von Bay Meadows gegeneinander antraten, dann würde ich auf den Regen setzen und meinen Gewinn auf der Weltausstellung in Seattle verprassen.

Meine eigene Erfahrung mit dem Cleveland-Trödelmarkt begann vor zwei Tagen, als ich davon hörte, dass sie einen gebrauchten Forellenbach zum Verkauf anboten. Ich stieg in der Columbus Avenue in den 15er Bus und fuhr zum ersten Mal zum Markt hinaus.

Zwei Negerjungs saßen hinter mir. Sie unterhielten sich über Chubby Checker und den Twist. Sie glaubten, dass Chubby Checker erst fünfzehn Jahre alt sei, weil er keinen Schnurrbart hatte. Dann unterhielten sie sich über einen anderen Burschen, der vierundvierzig Stunden am Stück getwistet hatte, bis er George Washington den Delaware überqueren sah.

»Mann, das nenn ich twisten«, sagte einer der Jungs.

»Ich könnt bestimmt keine vierundvierzig Stunden am Stück twisten«, sagte der andere Junge. »Das ist ein verdammt langer Twist.«

Ich stieg direkt neben einer ehemaligen TIME-Tankstelle und einer leer stehenden Fünfzig-Cent-Autowaschanlage aus. Neben der Tankstelle zog sich eine lange Wiese hin. Auf der Wiese hatte während des Krieges eine Wohnsiedlung für die Werftarbeiter gestanden.

Auf der anderen Seite der Tankstelle war der Cleveland-Trödelmarkt. Ich ging rüber, um mir den gebrauchten Forellenbach anzuschauen. Der Cleveland-Trödelmarkt hat ein sehr langes Schaufenster voller Schilder und Waren.

Im Fenster stand ein Schild, auf dem eine Wäschestempelmaschine für $ 65,00 angeboten wurde. Der Neupreis der Maschine betrug $ 175,00. Eine ganz schöne Einsparung.

Im Fenster war noch ein anderes Schild, auf dem neue und gebrauchte Zwei- und Drei-Tonnen-Flaschenzüge angeboten wurden. Ich überlegte mir, wie viele Flaschenzüge man brauchen würde, um einen Forellenbach zu bewegen.

Auf einem anderen Schild stand:

DAS CENTER FÜR FAMILIENGESCHENKE

GESCHENKIDEEN FÜR DIE GANZE FAMILIE

Im Fenster lagen Hunderte von Sachen für die ganze Familie. *Papa, weißt du, was ich mir zu Weihnachten wün-*

sche? Was denn, mein Sohn? Ein Badezimmer. Mama, weißt
du, was ich mir zu Weihnachten wünsche? Was denn, Patricia?
Ein bisschen Dachpappe und anderes Material zum Dach-
decken.

Im Fenster waren Dschungelhängematten für ent-
fernte Verwandte und dunkelbraune Emaillefarben (fünf
Liter für einen Dollar und zehn Cent) für andere liebe
Leute aus der Verwandtschaft.

Außerdem war noch ein großes Schild zu sehen, auf
dem stand:

GEBRAUCHTER FORELLENBACH ZU VERKAUFEN

SONDERANGEBOT FÜR KENNER

Ich ging hinein und schaute mir ein paar Schiffslaternen
an, die neben der Tür zum Verkauf angeboten wurden.
Dann kam ein Verkäufer auf mich zu und fragte mich
freundlich: »Kann ich Ihnen helfen?«

»Ja«, sagte ich. »Ich interessiere mich für den Forellenbach, den Sie im Angebot haben. Können Sie mir
ein bisschen was darüber sagen? Wie verkaufen Sie ihn
denn?«

»Wir verkaufen ihn halbmeterweise. Sie können ganz
wenig kaufen, und Sie können alles kaufen, was wir
noch haben. Heute Vormittag war ein Mann da und hat
281 Meter gekauft. Er will ihn seiner Nichte zum Geburtstag schenken«, sagte der Verkäufer.

»Die Wasserfälle verkaufen wir natürlich extra, und
die Bäume und Vögel, die Blumen, das Gras und die

Farne geben wir auch getrennt ab. Bei einer Mindest-
abnahme von fünf Metern Bach gibt es die Insekten
gratis.«

»Was kostet denn der Bach?«, fragte ich.

»Sechs Dollar und fünfzig Cent der halbe Meter«,
sagte er. »Das gilt für die ersten fünfzig Meter. Danach
kostet der halbe Meter fünf Dollar.«

»Wie viel kosten denn die Vögel?«, fragte ich.

»Fünfunddreißig Cent das Stück«, sagte er. »Aber sie
sind natürlich gebraucht. Wir übernehmen keinerlei
Garantie.«

»Wie breit ist denn der Bach?«, fragte ich. »Sie haben
gesagt, der Preis richtet sich nach der Länge, richtig?«

»Ja«, sagte er. »Der Preis richtet sich nach der Länge.
Die Breite liegt zwischen eins fünfzig und drei fünfzig.
Für die Breite wird kein Extrapreis berechnet. Es ist
kein großer Bach, aber er ist sehr hübsch.«

»Was für große Tiere haben Sie denn da?«

»Wir haben nur noch drei Rehe«, sagte er.

»Oh ... Und wie siehts mit Blumen aus?«

»Die gibts im Dutzend«, sagte er.

»Ist der Bach auch klar?«, fragte ich.

»Aber ich bitte Sie«, sagte der Verkäufer. »Sie glauben
doch nicht, dass wir hier jemals einen trüben Forellenbach verkaufen würden. Wir überzeugen uns immer
erst davon, dass die Bäche kristallklar fließen, bevor wir
überhaupt daran denken, sie hierher zu bringen.«

»Wo kommt denn der Bach her?«, fragte ich.

»Colorado«, sagte er. »Wir haben ihn mit äußerster

Sorgfalt transportiert. Wir haben noch nie einen Forellenbach beschädigt. Wir behandeln sie alle, als wären sie aus feinstem Porzellan.«

»Sie werden wahrscheinlich die ganze Zeit danach gefragt, aber wie siehts denn mit den Fischen aus?«, fragte ich.

»Sehr gut«, sagte er. »Hauptsächlich deutsche Braune, aber es gibt auch noch ein paar Regenbogenforellen.«

»Was kosten denn die Forellen?«, fragte ich.

»Die werden zusammen mit dem Bach abgegeben«, sagte er. »Das ist natürlich Glückssache. Man weiß nie, wie viele man bekommt und wie groß sie sind. Aber es ist ein sehr guter Bach zum Angeln, man könnte sogar sagen, er ist hervorragend. Sowohl fürs Angeln mit tierischen Ködern als auch für Trockenfliegen«, sagte er lächelnd.

»Wo ist denn der Bach?«, fragte ich. »Ich würde ihn mir gerne ansehen.«

»Er ist hinten im Hof«, sagte er. »Sie gehen durch die Tür da und dann rechts, bis Sie draußen sind. Die einzelnen Bachstücke sind nach Größe gestapelt. Sie können den Bach nicht verfehlen. Die Wasserfälle sind oben bei den gebrauchten Sanitärinstallationen.«

»Und wo sind die Tiere?«

»Ja, also, der kleine Rest der Tiere ist direkt hinter dem Bach. Wenn Sie nach hinten kommen, dann sehen Sie ein paar unserer Lastwagen auf einer Straße neben dem Eisenbahngleis. Gehen Sie nach rechts die Straße entlang an den Holzstapeln vorbei. Der Tierschuppen ist ganz am Ende des Grundstücks.«

»Danke«, sagte ich. »Ich glaub, ich schau mir zuerst mal die Wasserfälle an. Sie brauchen nicht mitzukommen. Sagen Sie mir nur, wie ich hinkomme, ich finde mich dann schon zurecht.«

»Gut«, sagte er. »Gehen Sie die Treppe da hinauf. Oben sehen Sie ein paar Türen und Fenster. Wenn Sie von da aus nach links gehen, kommen Sie zu unserer Abteilung mit den gebrauchten Sanitärinstallationen. Hier, nehmen Sie meine Karte, falls Sie meine Hilfe brauchen.«

»Prima«, sagte ich. »Sie waren mir schon eine große Hilfe. Vielen Dank. Ich schau mich jetzt mal um.«

»Viel Glück«, sagte er.

Ich ging die Treppe hinauf, und da oben sah ich Tausende von Türen. Ich hatte noch nie in meinem Leben so viele Türen gesehen. Man konnte eine ganze Stadt aus diesen Türen bauen. Türstadt. Außerdem gab es da oben genug Fenster, um damit eine ganze Vorstadt zu bauen. Fensterhausen.

Ich ging nach links und weiter nach hinten durch und sah einen schwachen perlmuttfarbenen Lichtschimmer. Das Licht wurde immer stärker, je weiter ich nach hinten kam, und dann war ich in der Abteilung für die gebrauchten Sanitärinstallationen und stand mitten unter Hunderten von Toiletten.

Die Toilettenschüsseln waren auf Regalen gestapelt. Jeweils fünf übereinander. Über den Toiletten befand sich ein Dachfenster, in dessen Licht sie schimmerten wie die große unberührbare Perle der Südseefilme.

An der Wand waren die Wasserfälle gestapelt. Es waren ungefähr ein Dutzend, deren Größe von etwa einem Meter bis zu einer Fallhöhe von drei oder fünf Metern reichte.

Einer der Wasserfälle war über zwanzig Meter. An den einzelnen Stücken der großen Wasserfälle klebten Etikette, die die genaue Reihenfolge der Einzelteile bezeichneten, die man beim Zusammenbau der Fälle einhalten musste.

An allen Wasserfällen hingen Preisschilder. Die Fälle waren teurer als der Bach. Sie kosteten $ 40 der Meter.

Ich ging in einen anderen Raum, in dem angenehm duftendes Holz gestapelt war, auf das Licht aus einem anderen Deckenfenster fiel und das in einem warmen Gelb schimmerte. An den Wänden dieses Raumes standen unter dem schrägen Hausdach eine Menge verstaubter Ausgüsse und Urinale im Schatten, und außerdem lag hier noch in zwei Hälften ein ungefähr fünf Meter hoher Wasserfall, der langsam verstaubte.

Ich hatte von den Wasserfällen gesehen, was ich sehen wollte, und war jetzt schon sehr neugierig auf den Forellenbach. Ich folgte der Beschreibung des Verkäufers und landete draußen vor dem Gebäude.

Oh, ich hatte noch nie im Leben etwas wie diesen Forellenbach gesehen. Er lag in Stapeln da, die nach der Länge der einzelnen Stücke sortiert waren: in Größen von drei, fünf, sieben Meter und so weiter. Es gab einen Stapel mit Dreißig-Meter-Stücken. Außerdem stand eine Schachtel mit Resten da. Die Reststücke hatten verschiedene Längen, die von zehn Zentimetern bis zu etwa einem Meter reichten.

Am Gebäude hing ein Lautsprecher, aus dem leise Musik kam. Es war ein bewölkter Tag, und die Seemöwen kreisten hoch oben.

Hinter dem Bach lagen große Bündel mit Bäumen und Büschen. Sie waren mit einer geflickten Plane zugedeckt. An den Enden der Bündel standen die Spitzen und die Wurzeln heraus.

Ich ging näher heran und inspizierte die einzelnen Bachstücke. Ich sah einige kleinere Forellen und einen wirklich großen Brocken. Und ich sah ein paar Krebse zwischen den Steinen auf dem Grund herumkrabbeln.

Es war ganz offensichtlich ein ausgezeichneter Bach. Ich steckte die Hand ins Wasser. Es war kühl und fühlte sich gut an.

Ich wollte mir noch die Tiere anschauen und ging um den Bach herum. Ich sah die Stelle, an der die Lastwagen neben dem Eisenbahngleis standen. Ich ging die Straße entlang, an den Holzstapeln vorbei, zu dem Schuppen hinter, in dem die Tiere waren.

Der Verkäufer hatte recht gehabt, sie hatten praktisch nichts mehr an Tieren da. Das Einzige, was sie noch in größerer Menge hatten, waren Mäuse. Sie hatten noch Hunderte von Mäusen.

Hinter dem Schuppen stand ein riesiger Drahtkäfig, der vielleicht fünfzehn Meter hoch war und alle möglichen Arten von Vögeln enthielt. Über dem Käfig lag eine Plane, damit die Vögel nicht nass wurden, wenn es regnete. Man sah Spechte, Stieglitze und Spatzen im Käfig.

Auf dem Rückweg zu dem Forellenbachstapel fand ich die Insekten. Sie befanden sich in einem Fertighaus aus Eisen, das für $ 2,50 pro Quadratmeter abgegeben wurde. Über der Tür war ein Schild. Darauf stand:

INSEKTEN

EINE HALBE SONNTAGSHOMMAGE FÜR EINEN GANZEN LEONARDO DA VINCI

An diesem tristen Wintertag im verregneten San Francisco habe ich eine Vision von Leonardo da Vinci. Mein Mädchen ist weg und rackert sich ab, hat keinen Tag frei, nicht mal sonntags. Sie ist um acht Uhr morgens zur Ecke Powell/California Street losgezogen. Und seither sitze ich da wie eine Kröte auf einem Baumstamm und träume von Leonardo da Vinci.

Ich träumte, dass er auf der Gehaltsliste einer Fabrik – der South Bend Tackle Company – stand, die Angelzeug herstellte, aber natürlich trug er andere Sachen, sprach mit einem anderen Akzent und hatte eine andere Kindheit, hatte vielleicht eine amerikanische Kindheit, die er zum Beispiel in Lordsburg, New Mexico oder in Winchester, Virginia, verbracht hatte.

Ich sah, wie er einen neuen Spinnköder zum Forellenfischen in Amerika erfand. Ich sah, wie er zuerst mit seiner Fantasie arbeitete, dann mit Metall, Farbe und Haken, ein bisschen dies und ein bisschen das probierte, das Ganze in Bewegung brachte, die Bewegung wieder wegnahm und das Ganze auf andere Art in Bewegung setzte, und am Ende war der Köder erfunden.

Er rief seine Bosse herein. Sie schauten sich den Köder an und wurden alle ohnmächtig. Er stand alleine über ihren bewusstlosen Körpern, hielt den Köder in der Hand und gab ihm einen Namen. Er nannte ihn »Das letzte Abendmahl«. Dann machte er sich daran, die Bosse wieder aufzuwecken.

Nach ein paar Monaten schon war dieser Köder zum Forellenfischen die große Sensation des zwanzigsten Jahrhunderts, die so oberflächliche Errungenschaften wie Hiroshima und Mahatma Gandhi spielend aus dem Feld schlug. In Amerika wurde »Das letzte Abendmahl« millionenfach verkauft. Der Vatikan bestellte zehntausend, und dabei gab es überhaupt keine Forellen im Vatikan.

Massenweise trafen Referenzen und Empfehlungsschreiben ein. Vierunddreißig ehemalige Präsidenten der Vereinigten Staaten schrieben: »Ich habe mein Quantum Forellen noch nie so schnell gefangen wie mit dem *Letzten Abendmahl.*«

FORELLENFISCHEN-IN-
AMERIKA-FÜLLERSPITZE

Er ging nach Chemault hinauf – das liegt im östlichen Oregon –, um Weihnachtsbäume zu schlagen. Er arbeitete für ein sehr kleines Unternehmen. Er sägte die Bäume ab, kochte und schlief auf dem Küchenfußboden. Es war kalt, und draußen lag überall Schnee. Der Fußboden war hart. Irgendwann fand er eine alte Air-Force-Fliegerjacke. Das war eine große Hilfe in der Kälte.

Die einzige Frau, die er da oben finden konnte, war eine drei Zentner schwere Indianersquaw. Sie hatte zwei fünfzehnjährige Töchter, Zwillinge, über die er sich gern hergemacht hätte. Aber die Squaw bekam es immer so hin, dass er sich nur über sie hermachen konnte. Sie kannte sich in solchen Dingen aus.

Die Leute, für die er arbeitete, wollten ihm nichts bezahlen, solange er da oben war. Sie sagten, er würde alles auf einmal bekommen, wenn er nach San Francisco zurückkäme. Er hatte den Job angenommen, weil er pleite war, wirklich pleite.

Er wartete, schlug Bäume im Schnee, legte die Squaw aufs Kreuz, kochte schlechtes Essen – sie hatten nicht viel

Geld zur Verfügung – und machte den Abwasch. Danach schlief er in seiner Fliegerjacke auf dem Küchenfußboden.

Als sie schließlich mit den Bäumen in die Stadt zurückkamen, hatten seine Auftraggeber kein Geld, um ihn auszuzahlen. Er musste in Oakland auf dem Standplatz, auf dem sie die Weihnachtsbäume verkauften, warten, bis sie genug Bäume losgeschlagen hatten, um ihn auszuzahlen.

»Das ist doch ein wunderhübscher Baum, gnädige Frau.«

»Was kostet er denn?«

»Zehn Dollar.«

»Das ist zu viel.«

»Ich hab auch noch einen sehr hübschen für zwei Dollar da, gnädige Frau. Es ist eigentlich nur ein halber Baum, aber wenn Sie ihn an eine Wand stellen, dann sieht er toll aus.«

»Ja, den nehme ich. Ich kann ihn direkt neben meinem Wetterhäuschen aufstellen. Er hat dieselbe Farbe wie das Kleid der Königin. Ja, den nehme ich. Zwei Dollar, haben Sie gesagt?«

»Ja, zwei Dollar, gnädige Frau.«

»Guten Tag, der Herr. Ja … Aha … Ja … Sie wollen Ihrer Tante einen Weihnachtsbaum in den Sarg legen und sie damit begraben? Aha … Sie wollte es so … Ich will sehen, was ich für Sie tun kann. Oh, Sie haben die Maße des Sargs dabei? Sehr gut … Die Weihnachtsbäume in Sarggröße stehen gleich hier drüben.«

Schließlich bekam er sein Geld, und er kam nach San Francisco herüber, aß etwas Gutes, ein Steak im Le Bœuf, und trank dazu noch ein paar Gläser Jack Daniel's, und dann ging er nach Fillmore, suchte sich eine hübsche junge Negernutte aus und vögelte mit ihr im Albert Bacon Fall Hotel.

Am nächsten Tag ging er in einen schicken Schreibwarenladen in der Market Street und kaufte sich für dreißig Dollar einen Füller. Einen mit einer Goldfeder.

Er zeigte ihn mir und sagte: »Schreib mal damit, aber drück nicht zu fest damit auf. Das Ding hat nämlich eine Goldfeder, und eine Goldfeder ist sehr leicht zu beeinflussen. Sie ist sehr empfänglich. Sie nimmt schon nach kurzer Zeit den Charakter des Schreibenden an. Dann kann niemand anders mehr mit ihr schreiben. Sie ist dann wie der Schatten des Menschen, der mit ihr geschrieben hat. Ein Füller mit einer solchen Feder ist das einzig richtige Schreibzeug. Aber sei vorsichtig.«

Ich dachte daran, was für eine wunderbare Feder Forellenfischen in Amerika wäre mit einem Strich kühler grüner Bäume am Flussufer, wilden Blumen und dunklen Fischflossen, die sich gegen das Papier pressen.

VORSPIEL ZUM MAYONNAISENKAPITEL

>»Die Eskimos leben ihr ganzes Leben lang im Eis,
besitzen aber kein einziges Wort für Eis.«
M. F. Ashley Montagu: Der Mensch. Seine erste Million Jahre

Die menschliche Sprache ähnelt in mancher Hinsicht anderen Formen der Kommunikation im Tierreich, unterscheidet sich aber in anderer Hinsicht wiederum sehr davon. Wir haben ganz einfach keine Vorstellung von ihrer Entwicklung, obwohl es viele Spekulationen über ihren Ursprung gibt. Es gibt zum Beispiel die ›Bow-bow‹-Theorie, nach der die Sprache bei dem Versuch entstanden sei, tierische Laute nachzuahmen. Oder die ›Ding-dong‹-Theorie, nach der sie durch natürliche Klangreaktionen entstanden ist. Oder die ›Pooh-pooh‹-Theorie, die besagt, dass sie mit wilden Schreien und Ausrufen entstanden sei ... Wir haben keine Möglichkeit, festzustellen, ob die Menschenarten, die durch die frühesten Fossilien nachzuweisen sind, sprechen konnten oder nicht ... Sprache hinterlässt keine Fossilien, wenigstens nicht, solange sie nicht niedergeschrieben wird ...« – Marston Bates, *Der Mensch in der Natur.*

»Aber kein Tier auf einem Baum kann Kultur begründen.« – Earnest Albert Hooton, »Mensch und Affe. Die Grundlagen unserer Kulturtechniken«, in: *Morgenröte der Menschheit.*

Es ist nichts anderes als der Ausdruck eines menschlichen Bedürfnisses, dass ich schon immer ein Buch schreiben wollte, das mit dem Wort Mayonnaise aufhört.

DAS MAYONNAISENKAPITEL

3. Feb. 1952

Liebste Florence und liebster Harv!

Ich habe gerade durch Edith vom Heimgang Mr Goods erfahren. Unsere Gedanken sind bei euch. Gottes Wille geschehe. Er hat ein langes gutes Leben gelebt, und er ist jetzt an einem besseren Ort. Ihr habt ja damit gerechnet, und es ist schön, dass ihr gestern noch bei ihm wart, auch wenn er euch nicht mehr erkannt hat. Wir schließen euch in unser Gebet ein, und unsere Gedanken sind bei euch, und wir kommen euch bald besuchen.

Gott segne euch beide.
Alles Liebe, Mutter und Nancy.

PS
Entschuldigt bitte, aber ich habe vergessen, euch das Glas zu geben. Das Glas mit Mayonaise.